もういちど生まれる

朝井リョウ

もういちど生まれる

目次

ひーちゃんは線香花火

えっ、いまあたしにキスしたのどっち？

真昼の月のように、ぼんやりと輪郭が見えなくなっていく意識。あまい甘い眠りの誘惑に落ちていきそうになりながら、それでもあたしは完全に寝てはいなかった。徹夜の出口、朝四時。調子よく麻雀牌《マージャンパイ》を操っている中、腰が痛いからってソファに寝転がったのが間違いだった。まだ歯も磨いてないし、化粧もしたままだし、やっぱシャワー浴びてから寝たいし、ていうかあたし家主だし、ひーちゃんと風人《かざと》、いるし、なんて、頭の中にたらたらとぶらさがる数々の理由にしがみつきながら、しっとり寝たりほんのり起きたりのくりかえし。だけど、今、完全に眠気が消えた。

キスされた。と思う。

どっち？　と一瞬迷ったけれど、ひーちゃんは女だよ、てことは風人に決まってる。イケメンなのになぜか童貞っぽい風人に決まってる。不意に、部屋の空気をかき混ぜるようにトイレのドアが開いて、誰かが出てくる気配がした。たぶん、今のがひーちゃんだろう。空気の波がふわりとあたしの上を撫《な》でていく。

ひーちゃんがトイレに行っている間にあたしにキスするなんて、風人さ、けっこうオオカミじゃん。信じらんないな、ラムネのビー玉みたいなくりっくりの目してさ、無理した茶髪みたいなのがマジ童貞……なんてとろけた脳を必死に働かせながら、あたしは寝返りを打つようにして牌の散らばるテーブルに背を向けた。ちょっとどきどきしている。はじめてアイラインを引いたときくらいの、カタカナよりもひらがなで書く、どきどき。

二ミリくらい、くちびるが勝手に笑ってしまう。瞼《まぶた》の裏に一瞬、尾崎《おざき》の鎖骨が蘇《よみがえ》った。

「汐梨《しおり》、寝ちゃったね」

背後で、ひーちゃんの声がする。ダメだ、せっかく背中を向けたのに、なんだかこのほうが神経が二倍くらい敏感になった感じがする。からだ半分の背中で感じる空気が、ぴりぴりしている。

「さっきまで酒ガブ飲みでギャーギャー彼氏の話してたくせにな」

そのくせいっつも俺かひーちゃんにツモられてやんの、と風人はあくびをする。うるせーな、と思いながら、風人の声が自分の中で温度を持ち始めていることに気がつく。

からからから、と乾いた音がした。ひーちゃんが窓を開けたみたいだ。夜中のうちにこぼした愚痴を浄化してくれそうな風が、部屋中をこっそりと這《は》う。五月の明け方は、世界のはじまりみたいだ。だからといって、何もかもが終わってしまったようなさみしさもない。

あたしは、ジャラジャラ乱れる牌の音が好きだ。時間と体力をたっぷりともてあました大学生の夜を、底からぐしゃぐしゃにかき混ぜてくれる音。それこそ、「今からはじまる」って気がする。あたしは、ビールを飲んであぐらをかいて三人で牌を囲んでいるとき、何かがちょっとずつ、深くなっている気がする。何がって聞かれたら困るけど、言葉にしたら浅くなってしまうようなものが、三人の間で深くなっていく。

「三人でやると、もう四人でできなくなるのよね、麻雀……待ちきれなくって」

独りごとのようにそう話すひーちゃんに限っては「待ちきれない」なんて現象は起きない。ひーちゃんは、まるで透視でもしているみたいに、欲しい牌をするりするりと裏返していく。今日も汐梨は弱かったわね、という美しい声の向こう側から、シンクに水がぶつかる音が聞こえてくる。空になったビールの缶を洗ってくれているのだろう。

見なくてもわかる。ひーちゃんは今とてもきれいな横顔をしている。誰も近寄らせない黒いまっすぐな髪の毛と、間違ったことを間違っているとする瞳。

「……四人でできなくなるっていうか、呼ぶひといなくね？」

「それ言うの禁止ね」

「尾関、くんでも呼べばいいのに」

おいおい風人、お前それじゃキスできなかったよ、とあたしは心の中でふざけてみる。友達の彼氏とはいえ、呼び捨てにできないところが風人の童貞っぽさだ。ていうか尾関じゃなくて尾崎だし。

三人でやるとちゃきちゃき進んでしまう麻雀も、さすがに二人ではできない。慣れた手つきで部屋を片づけ始めた二人の動きを感じながら、あたしは、尾崎を呼ばなくてよかった、と思った。それと同時に、風人があたしにキスをしたことが、こんなにも深くなった三人をどうにかしてしまわないことを祈った。

ひーちゃんが器用にビールの缶をななめにへこませて、ぐるりとねじってペシャンコにしている。がしょ、がしょ、という音が粗くて気持ちいい。風人はそれを未《いま》だにうまくできない。

尾崎と付き合って一年。友達は、風人とひーちゃん。

東京に出てきたあたしの両手はそれでいっぱいだ。

いつのまにか本当に眠っていた。起きたときにはもう午前十時をまわっていて、相当高いところにある太陽がまるで美しいものみたいにこの街を照らしていた。ふたりとも、黙って出ていくことないのに。別に起こしてくれたっていいのに。

「あ、せんたくもの……」

誰もいないのに一応そう呟《つぶや》いて、あたしは洗濯機の中を覗《のぞ》いた。やっぱり。ドラムの中には、半荘《ハンチャン》終わったら干そうと思って脱水まで終えていた衣服たちが、ずっしり固まって佇《たたず》んでいた。もういいや、と思って冷蔵庫を開ける。冷えた麦茶のきれいな色に、自分の顔が映る。

歯を磨いたら、キスの感覚を忘れてしまうだろうか、なんてガラにもないことを考えた。ていうか、忘れるべきなんじゃ？　とも思った。そんなにたいしたことじゃないし。心の中でそう呟いて、尾崎の口癖が自分にうつっていることに気づく。

そんなにたいしたことじゃない。

尾崎はそう言ってあたしに笑ったり触ったりする。あたしは、その言葉に安心したり不安になったりする。

大学に入ってから、もう十三カ月が経《た》つ。一年以上経ったというよりも、十三カ月経ったというほうがきっと正しい。一年、というくくりではなくて成長しない一カ月がとりあえず十三回くりかえされた感覚だ。

成長しない一カ月がこんなにも積み重なって、あたしはもう十九になってしまった。あたしが子どものころに想像していた十九は、こんなふうに、ぐしゃぐしゃになった洗濯ものを放《ほう》っておいたりはしなかったはずだ。

「汐梨はマジ美人だし、R大行っても目立ちそー！」

地元、群馬の友達は赤に近いピンク色をしたつめをぴかぴかに光らせながら、あたしを送り出してくれた。彼女たちいわく、あたしは、群馬っぽくない、らしい。それがどういう意味なのかはよくわからないけれど、地元に残ることになった友達はそろってあたしのことをうらやましがっていたから、きっと悪い意味ではないんだと思う。

大学の講義でクラスメイトに初めて会ったとき、あたしは直感的に「むり」だと思った。「むり」という気持ちが、無意識のうちにすこーんと頭の中で直立していた。茶柱のように不意な直立だったから、逆らう気にもなれなかった。

　みんな、必死に「大学生しよう」としている。ない目を無理やり見開いて互いを品定めしている女子群も、似合わないM字バングに全力を注いでいるような男子群も、むり。きっと本人たちも自分たちの滑稽さには気づいてはいるのだろうが、それでもどうしてもむりだと思った。

　自販機で微糖のミルクティーを買って、一人で教室の端の方に座った。女子たちの視線を感じる。なんとなく女子のリーダーっぽいポジションをゲットしたらしき栗色の巻き髪が「ラインでグループ作ろー！」と言い出した姿を右目だけで確認して、あたしはペットボトルのキャップをひねる。クラスのリーダーやりたがるやつって、それだけで、どう考えてもむりだ。大学生になってまで、そういうことをしたがる気持ちが全然わからない。

　あたしの周りに、授業がはじまるまでに座ったのはふたりだけだった。まず、ひーちゃん。ひーちゃんが教室に入ってきたとき、栗色巻き髪が「負けた、やばい」という表情になったのが分かった。宝石みたいに光る長い黒髪と、アイラインもいらない猫のような強い瞳は、どう考えても誰よりもきれいだった。栗色を取り囲んでいた女子たちも、明らかに、「あっ」という顔をしていた。私たち、落ち着く島まちがえたかも。

ハイ、リーダー交代。一瞬だったな、栗色の天下。あたしは緩みそうになる口元にぎゅっと力を込めた。

ひーちゃんに話しかけようとして、女子のうちのひとりが駆け寄っている。春の小川のようにひらひらゆれる黒髪に声をかける寸前、

「教室の入口に集まってるの、邪魔だよ」

ひーちゃんは青く澄んだ声を放ち、背筋をぴしゃりと伸ばしたままあたしの方に歩いてきた。あたしは心の中でその姿に拍手を贈っていた。ブラヴォー！　ワンダフォー！

そのあと、明らかにおどおどしている小型犬系男子が、風に運ばれるたんぽぽの綿毛のようにふらふらと教室のはしっこまでやってきて、誰にも気づかれないように根を張った。風人、という名前を聞いたとき、あたしは思わず吹き出してしまった。ぴったりすぎる。

窓を全開にする。陽射《ひざ》しが、あたしの輪郭を熱く熱くなぞってゆく。

風人にキスされたって話したら、尾崎、なんて言うかな。そんなにたいしたことじゃないって、いつもみたいに言うのかな。

どう考えても、洗濯もの、干した方がいい。あたしはがっしりと手を繋《つな》いでいる衣服同士をほどいて、赤いプラスチックのかごに放り込んでからベランダに出た。

さっきまでここにいたひーちゃんと風人のにおいが外へ逃げていく。もともとここは知らない街だけど、ベランダに立ってちょっと上から眺めてみると、もっともっと知らない街に見える。もう一年もここに住んでいるのに、ここが、あたしの「学生時代を過ごした街」になるなんて信じられない。いつかあたしはこの街のことを、懐しい思い出とともに誰かに話したりするのだろうか。もしそうだとするならば、それなのにどうしてこんなにも他人が集まった街に見えるんだろう。あたしはもうほとんど乾いているSPINNSのTシャツを、ばっさばさと伸ばす。なぜかちょっと感傷的になってしまった気分も一緒に、空気中に放つ。

一人暮らしにももう慣れた。こうしていたらきっと、すぐに二十歳になる。

ひかりの粒をたくさん含んだ空を見る。あの空をノックしたら、向こう側の人がぺろりーんって空をめくって現れて、この世界をぐっちゃぐちゃにしてくんないかな。

そしたら尾崎、そんなにたいしたことじゃなくなくね？　みたいになっちゃうかも。そんなことを考えながら、あたしは今日の授業をサボろうと決めた。

☆

似合ってないんだけどな、その市松模様のメガネ。

「二十四円のお返しになります、ありがとうございました」

あたしは、できるだけ相手の掌《てのひら》に触れないように小銭を渡しながら、にこっと笑った。派手なメガネ以外はあまりにも平凡な男は、なんだかちょっと得をしたと言いたげな表情で店から出て行った。あたしの笑顔の裏を見抜いた男は尾崎と風人だけで、それぞれ「うそっぽい」「こわい」と言った。

大学内のパン屋でアルバイトをしている、と言うと、大体の人間は「自分だったら絶対むり」と顔をしかめる。あたしはそういうとき、別にあなたの意見は聞いてないんだけどな、と思う。普段は心の中でその言葉を踏みつぶすけれど、風人が相手のときだけはぽとりと自然に声がこぼれ出てしまった。風人はもう一度「こわい」と言った。

思っていたより、大学内のパン屋でのアルバイトは面白い。嫌がる人は決まって「友達が来たら恥ずかしい」と言うけれど、そもそもあたしには数えるほどしか友達がいない。家から近い、業務は簡単、テスト期間に合わせてシフトの融通が利く、ひーちゃんと尾崎にサービスできる、風人にいじわるができる。むしろいいことばっかりだ。

大学には、文学部で小さなキャンパスがひとつ、理系の学部でキャンパスがひとつ、そしてその他の学部が集まる大きなキャンパスがある。合計三つ、全て歩いて移動できる距離にあるけれど、あたしは心から文学部で良かったと思っている。他のキャンパスは人の多さがここの比ではなく、どこにいたって落ち着かない。テニスサークルが大声で騒いでいるラウンジからは、どうしても「楽しくしてる俺たちを、さあ見て？」というオーラが出ている気がするし、お昼時は学食に座れもしない。他のキャンパスは、ひとりで行動するあたしを受け入れてくれない。

その点、パン屋のセンスもよく、学食もひとりでご飯を食べやすいようにカウンター席が多くなっている文学部のキャンパスは、居心地がいい。ふらっと現れる市松メガネのような存在も、いいスパイスになる。

「おい、おーい」

トングが鳴らすカチカチという音で、あたしは我に返る。

「お前いま、ほんのり笑いながらずっと舌打ちしとったぞ」

「え、ほんとに？」

「うそ」

尾崎は意地悪そうに笑うと、ミルクメロンパンがふたつ載ったトレイを差し出してきた。甘いパンが無骨な短髪と浅黒い肌にまったく似合わない。

「けっこういつもかわいいパン買うよね」同じパンを二つ買うっていうところに、男子特有の食欲と、食欲そのものへのこだわりのなさを感じる。

「俺がベンチに座ってこれ両手で食っとったらかわいいやろ？」

それはおかしい、とあたしはけらけら笑いながら二百五十二円を受け取って、レシートを渡す。一応、ありがとうございました、と礼をしようとすると、

「今日も来る？」

おれんち、と尾崎は言った。染めていない髪と、開けていないピアスと、吸わない煙草《たばこ》と、あたしは尾崎のそういうところが好きだ。ちょっと伸びた顎髭《あごひげ》と、弾力のある胸板と、血管の浮いた腕と、くすぐったそうに寝返る背中と、そういうところも好きだ。

風人にはないものばかりで、尾崎はできている。

「……ん、今日はやめとく」

笑いながら言って、あ、と思った。

あたしの笑顔はうそっぽいんだった。

「わかった。また連絡するわ。舌打ちしてんなよ、バイト中」

手を振って出ていく尾崎に、舌打ちはしてないから、とあたしは手を振り返す。昨日あたしがキスをした背中も、薄いTシャツの布一枚隔てて見るだけで、なんだか全然ちがうものみたいに見えた。

☆

いまから行くね、とメールをしておくと、高円寺に着くころには、尾崎は改札の前に立っていてくれる。昨日の夜は尾崎のアパートに泊まった。中野で止まる電車に乗らなければ、私のアパートの最寄り駅から高円寺までは地下鉄一本で行ける。

もう一年近く付き合っているからアパートまでの道はさすがに覚えているけれど、尾崎はいつも改札まで迎えに来てくれる。来なくてもいいのに、とあたしが言うと、

「ついでにアクエリ買うからさ」と答えながら、ついでにあたしの好きなシュガーコーンも買ってくれる。二リットルのアクエリアスの重さに、すこし硬くなる右腕が自分のものなんだと思うと、そのたびあたしはいつもうれしくなる。

ドアを開けると、ベッドの上に置いてあるジョージ朝倉の漫画が目に付いた。あたしが無理矢理貸したものだ。「読んだんだ」と笑うと、「借りたんやから、誰でも読むやろ」と尾崎は恥ずかしそうにそれをあたしのカバンの近くに置いた。「けっこうよかった。少女マンガって感じがせんくて」少女マンガなんて読んだことない、という尾崎にそう言われ、あたしはまたうれしくなる。

パスタを茹《ゆ》でてカルボナーラソースと和《あ》える。麺が熱いうちに細かく刻んだチーズを混ぜると、味が濃くなっておいしい。「そんなことばっかしとると早死にすんぞ」尾崎はそんなことを言いながら、あたしの口の周りをティッシュで拭《ふ》いてくれる。はじめは照れたけれど、いまでは「ありがと」と答える余裕ができた。そのあとシュガーコーンを食べて、無印の大きなソファクッションに無理やりふたりで座っていると、自然に、尾崎はあたしに触れてくる。シャワーを浴びる前のリハーサルのようなこの時間が、あたしは好きだ。

当然のように尾崎があたしを触ることに、お互いを触り始めるその瞬間に、あたしはとてつもなく安心する。家族のいない東京という場所であっても、自分は誰かと生きているのだと、急に実感する。

電気が消えると、尾崎の部屋は宇宙になる。高校のときに夏休みの課題で作ったというへたくそなプラネタリウムがぐるぐるぐると回って、尾崎の体を星が通っていく。星に見守られながら、あたし達はソファに埋まってゆく。尾崎の唾液《だえき》はあったかい。たぶん、あたしの唾液もあったかい。あったかいものとあったかいものが合わさると、とても愛《いと》しくなる。

「ねえ」

ん？　とやさしく答えながら、尾崎はあたしのブラジャーを外した。尾崎とあたしの体から、同じボディソープのにおいがする。

「あたしってきれいじゃん」

「わっ。いまびっくりして反射的に声でたわ」

なにそれ、と笑うと、そのままベッドに連れていかれる。さっきまで体を委《ゆだ》ねていた低反発のソファは、あたしと尾崎の形のまま凹んでいる。

上にいる尾崎と目が合う。

「そんでね、きれいじゃん」

「俺のクラスのヤツが、パン屋の店員かわいーってほざいとったから頭殴ったった」

「そのひと市松模様のメガネしてない?」あたしはちょっと体を起こす。

「しとらん。なんで?」

「なんでもない。それでね」

あたしは一呼吸おいて、もう一度ベッドに体を委ねた。尾崎が、あらわになったあたしの胸にキスをする。愛しい気持ちが脳の中まで湧き上がってこないうちに、

「同じクラスの男の子にキスされた」

なんでもないことのように言ってみた。

尾崎があたしの胸から顔をあげる。あたしは尾崎の目を見つめた。

「キスか」去年まで、地元の本物の星空をじっくりと見つめてきたという目を、つくりものの星が通りすぎる。

「そんなにたいしたことじゃない」

口の中に残っていたアイスのコーンの欠片《かけら》が、歯と歯の隙間《すきま》から落ちてきた。あたしは、明日の朝、シュガーコーンをもう一本食べようと思う。

そういうことを思っていないと、涙が出そうだった。

「どんな野菜でもシーザードレッシングかけたらうまいやろ。それと同じ、どんな男

でも汐梨を見たらキスしたくなんの」

言っていることは最初から最後まで意味がわからなかったけれど、あたしはそのままおいしく食べられた。風人のキスを思い出した瞬間、いつもより強く胸を吸われた気がした。そのあとは口の中に残っていたアイスの後味をなめとられ、口の中が尾崎の風味でいっぱいになった。

あたしは何も、上手に伝えられない。成長しない日々が積み重なって、あたしはこんなふうにあたしを満たしている。

☆

七限の講義がある日は、教授の話が終わるとともに一日が終わる。話が延長して、本来の終了時刻である九時半を回ることもしばしばだ。次の授業がないから、教授も好きなことを好き勝手話すのだ。七限の授業には、それまでと違ってスーツ姿の男性や博識そうなおばさんや、なぜかセーラー服の女子高生がいたりして、すこし世界から外れたにおいがする。いや、そういうにおいを醸し出そうと、みんなでがんばっているにおいがする。人と人との間にはちゃんと距離があって、皆それを認識している。

世界とこの教室そのものにもしっかりと距離があって、たぶんあの女子高生などは特に、それを認識したくてたまらないのだ。

暗闇を含んだ夜の大学は、どこか秘密めいている。たくさんの人を吐き出したあとのその姿は、いてはいけない場所のようで、あたしはいつも少し早めに歩く。もうすぐ大学が閉まる時間だ。サークルの部室や練習施設にいた学生たちが、携帯電話で終電を検索しながら居酒屋へと歩いている。あたしはひとりスーパーに寄ると、アパートへ帰った。

ひとつも信号に引っ掛からなかったことがうれしくて、こんな時間なのにまだ甘塩の鮭の切り身が残っていたことがうれしくて、軽やかに鍵を差し込む。がちゃり、と、金属の内臓をえぐるような音に、

「おかえり」

ひーちゃんのアルトが重なった。

「えっ」

「遅くない？　今日七限だったたんだっけ？」

今日もひーちゃんの声は揺れない。

「七限は七限だったけど……今日はなにしてんの？」

ひーちゃんは昨日もおとといもこうしていましたみたいな顔をして、つややかに立ち上がっているお米を茶碗によそっている。風船のようにぱんぱんにふくらんだお米から漂う湯気を、大切そうに顔じゅうに浴びているひーちゃんを見ていると、動揺しているあたしの方が間違っているように思えてくる。

「なにしてんのって……ごはんでも食べようと思って」

「ごはんでも……ね」

「あと鮭も」

ひーちゃんはあたしの左手を指さした。西友で買った鮭の切り身が入ったビニールぶくろは、あたしより先にこの状況を理解したのか、何かをあきらめたようにだらんと力無い。

あたしは降参して靴を脱いだ。こんなの、今日がはじめてなわけじゃない。去年の冬なんか、ひーちゃんはこの部屋で、一人で勝手に鍋をしていた。そのときに比べたらまだマシだ。

今日のひーちゃんは、長い黒髪をお団子にしてまとめている。エプロンこそつけていないけれど、きっとこれは世の男子の理想をそのまま形にしたような姿なんだと思う。

「はい、鮭焼こ。お味噌汁もあるからね」

ひーちゃんはごはんの甘いにおいに満ちた湯気の中でほほえむと、ためらいなくあたしから鮭を奪った。やっぱり甘塩だよね、と満足そうにうなずいて、コンロをひねる。もちろんアパートにグリルなんてないから、魚だってフライパンで焼く。冷凍しようと思っていた二切れ目もしっかり焼かれる。あたしはひーちゃんの横顔を見つめたまま靴下を脱いだ。ひさしぶりに空気にふれた足先から、す、と現実に参加していく。

「鮭、弱火でじっくりねー」

あたしはベッドの上にとぷんと横になる。火を通す前のホットケーキ生地に放り込まれたチョコチップのように、ぬくぬくと体が埋もれていく。今日一日の疲れが体の中でじっとりと熱されて、手足の先から見えないけむりとなって蒸発していくみたいだ。じうじう音をたてながら鮭を焼くひーちゃんは、今日も背筋がピンと伸びている。

その姿は水平線みたいだ。いつ見てもまっすぐで、ぶれない。見えない一筋の光のようなものが、す、と背筋を貫いている。すごくきれいだけど、とてもとても遠いから、誰も手に入れようなんて思わない。何にも交わらないで、自分を境に空と海を分けている水平線。

どうしてだろう。あたしはひーちゃんを見ていると、不安になるときがある。まっすぐ、揺れない、そのままの姿で、ある瞬間に突然、すべてが消えてなくなってしまうんじゃないかと思うときがある。

「この鮭、あぶらたっぷりすぎない？　揚げてるみたいになってきたけど」

口を尖《とが》らせながらもひーちゃんは楽しそうだ。魚から出るあぶらは肉のそれと違ってやさしいにおいをしている。たきたてのごはんのにおいと混ざって、それだけでもう十分おいしそうだ。じうじうにぱちぱちが加わると、もう自然と口の端からはじんわりと唾液が生まれてしまう。

ひーちゃんは初日、クラスの女子を敵にした。ケーキを切ろうとして、とりあえずいちごをどけておくように、ひーちゃんは教室の入口にたまっていた女子たちに「邪魔だよ」と言った。あたしも確かにクラスメイトたちとうまくやっていくつもりはなかったけれど、敵にするつもりもなかったから、ひーちゃんのその態度に少し驚いた。だけど、ロウソクを全部吹き消したみたいに気持ちがすっきりとしたことは確かだった。そのあと、あたしに向かって「ひかる。あたしの名前」とだけ言って、となりに座った。風人に対しても、同じ自己紹介だった。

ひーちゃんは間違っているものを間違っていると言う。そのせいで敵が増えるとか、そういうことはあまり考えていないように見える。

お団子からこぼれている黒い髪の毛が、息をしているようにすらすらと揺れている。なのに、ひーちゃん自身は息をしていないみたいだ。何十年後も、今の姿のまま生きているか、今すぐ消えてなくなってしまうか、そのふたつの運命のはざまにいるように見える。

あたしは上半身を起こす。

「ひーちゃーん」

「なにー」

「これ、何ギガ？」並べられた茶碗のあいだに置いてあった見慣れない iPod を手に取ると、ひーちゃんはうんざりした顔をした。

「もう、なんなのギガって……怪獣かなんか？　店員にもギガギガ聞かれたけど、意味がわかんなかったから言われるがままに買ってやったのよ」

ひーちゃんはデジタルなものに弱い。携帯は未だにガラケーだし、ラインもSNSもやっていないからメールか電話でないと連絡がつかない。

「で、何ギガ？」

「ろくじゅうよん」

「ろくじゅうよん?」あたしは、素っ頓狂な声でその数字をオウム返しにしてしまう。

「何よ」

「ろくじゅうよんって……どんだけデータ入れるつもり」

「入れ方わかんないんだから何にも入らないわよ。使い方わかんないから全部シャッフルで聴いてるしっ! あぶらがはねるっ!」ひーちゃんは飛びはねながら、iTunesとか? ダウンロードしなきゃダメなの? と、説明をしてほしいわけでもないふうに言った。

「なんで買ったのかがあまりにもわかんなくて面白いよ」あたしはそう言いながらひーちゃんの黄色いiPodを起動させる。勢いで買ってしまったのであろうプラスチックケースがうまくはまっていない。耳の穴にぴったりとはまる耳栓型のイヤフォンだけがしっかりとしたもので、余計に情けない気持ちになる。

「やっぱり……」少し操作をしてみると、想像通り、すべてが「不明なアーティスト」になっていた。iTunesとかをうまく使えないから、パソコンに入っていた曲を適当に入れてみたのだろう。

「曲名入りでちょっと入れといてあげるー」

適当に二、三曲同期させたところで、ひーちゃんが皿を二枚持ってやってきた。

「鮭、おいしそう。私、天才。なんか夜なのに暑いね」

「あんた鮭焼いてたからだよ」

受け取った皿の上では、しっかりと焼かれた鮭が表面をじゅくじゅくと泡立たせていた。一切れ七十七円でごはん二杯はいけると思うと、鮭は偉大だ。

「尾崎くんとうまくいってんの？」

鮭に甘いみそをつけて食べるひーちゃんのために、アパートの冷蔵庫にはチューブに入った液状のみそが常備されている。甘くてあたたかい鮭のあぶらが、顔全体にふっと抜けていく。

「んー……」

甘くてあたたかい。

一瞬だけ口のまわりで蘇った風人のキスを、あついものでも冷ますようにあたしは軽く吹き飛ばした。

「ひーちゃん、もうあたしら二十歳だよ」

「どうしたの、急に」

「んーなんか、あたしが子どものころ想像してた二十歳って、こんなんじゃなかったもん」

「こんなんって？　勝手に家入られてること？」

「それは二十歳関係なく想像してなかったんだけど……」

あたしの言葉に、ひーちゃんはふっと笑った。ひーちゃんは、鮭やお味噌汁がなくなるのと同時に、ご飯を一粒残さず食べきる。食事をするのが上手なのだ。

「そんなの、私だってそうよ」

ひーちゃんが、かつて想像していた未来と違うふうになっているなんて、そんなのウソだと思った。

「あと二十年経っても、私、鮭焼いてると思うよ。そういうことだと思うよ、きっと」

「そういうことって、なにが？」そう訊いても、ひーちゃんはちゃんと答えてくれない。完全にごまかされている気がする。

ふいに、あたしは、風人のキスのことをひーちゃんに話そうかと思った。だけどなんとなく、やめておいた。

鮭がおいしい。ごはんがすすむ。

「……尾崎、ヤキモチ妬《や》いてくんないんだよね」

あたしは、汗をかいているグラスを握って麦茶を飲む。それがさみしい、という言葉もいっしょに、飲み込む。

「あんたいつからそんな乙女なこと言うようになったのよ」

「ね。二十歳近くなってヤキモチ妬いてほしいとか、ダサすぎる」

ひーちゃんはもごもごと口を動かしたと思ったら、くちびるの間からにょろりと骨を出した。

「……聞いてる？」

「ごめんごめん、骨出してるわりに聞いてる」

「ほら、あたしってきれいだからさ」

「せっかくちゃんと聞こうと思った途端なにその発言」

「ちょっとは浮気の心配とかしてくれたっていいのになって」

頭の中で、無理をした茶髪がゆっくりと近づいて、あたしの閉じた瞳に少し触れる。起きてたよ、と思う。かすかに声に出して言ってみる。

ふ、と小さく息を吐くと、小さな風人の小さなキスがもっと小さくなって、ぽくんと宙に浮かんだ。

「あたしが他の人のこと気になっちゃうかもしれないとか、その逆とか、そういうこと尾崎は全然考えないのかな」

地元の友達には絶対に言わないようなセリフでも、ひーちゃんの前でなら言えてしまう。ひーちゃんは口の周りを拭いたティッシュを小さくまるめて、「汐梨」とあたしの名前を呼んだ。ほんのりと味噌の色をつけたティッシュは、テーブルの上でゆっくりと開いていく。

「ふたりは、好きって伝え合える関係なんだよ、そんなにもしあわせなことってないよ。しかもこうやって、第三者に相談できるくらいオープンにね」

ひーちゃんは急に、あたしの背中をそっと撫でるように言葉を放つ。そういう時は必ず、やさしさが膜を張ったような瞳をしてあたしのことを見ている。あたしはそんな時いつも、ひーちゃんの背景が見えなくなって困る。ひーちゃんが何を背負って生きているのか全くわからなくなって、そのはらはら揺れる瞳の泉が少し、こわくなる。

今もそうだ。

「おいしいね……米」

そっち？　とちゃっかり突っ込んでから、似合わない市松メガネがまた来た、と話したら、「私、虹色メガネしてるひとなら知ってる」とひーちゃんが目を大きくしたので笑ってしまった。「そんなひといないよ！」「それがいるのよ、入学したころ行ってみた映画サークルにね、いたの。その虹色のせいでこっちは逆に色んなものが見えなくなるのよ」ひーちゃんは真顔でそんなことを言うので、あたしはなおさら笑ってしまう。

食器を片づけたあと、思い出したように窓を開けて、あたしたちはお酒をちびちび飲んだ。魚を食べたから、今日は日本酒。ひーちゃんもあたしもそれなりにお酒は強いので、風人というストッパーがいないととにかく飲み続けてしまう。風人は「お酒ってお腹がふくれるじゃん」と言ってすぐに飲まなくなるが、あたしとひーちゃんはその言葉の意味がわからない。

何を話したかはよく覚えていないけれど、授業の疲れもあってあたしはとろとろと眠くなっていた。窓を開けていても、五月の部屋の中はもうしっとり暑い。

「Tシャツとスウェットとか借りたいんだけど」

ひーちゃんがきょろきょろと部屋を見渡しながら言う。「クーラーはまだつけないよ」きっとリモコンも探しているのだ。ひーちゃんは唇を尖らせながら、新しくカシスウーロンを作り始める。カシスウーロンなんてそんなジュースみたいな、と思ったとき、部屋が暑い気がしているのは酒のせいだとやっと気付いた。いつのまにかけっこう飲んでいたようだ。

「また夏がくるね」

「変わりばえのしない夏がね」

　ほんと変わりばえしない、と笑って、あたしはベッドに体をあずける。変わりばえのしない夏、という言葉は、なぜかとてつもなく幸福な言葉のような気がした。

　去年の夏、都内の大きな花火大会がテレビで中継されていた日。あたしとひーちゃんと風人は、何に対抗してか三人で手持ち花火をした。街は誰かのための浴衣《ゆかた》でカラフルに彩られ、あたしたちは示し合わせたように全身を見事なモノトーンで決めていた。とりあえずコンビニで花火を買って、人の流れとは逆方向に歩き、なんていう名前なのかもよくわからない川で花火に火をつけた。ただ、橋の入口に立っていた「二級河川」という標識に対し、二級かよ！　とツッコんだことは覚えている。肝心の花火は、風人が持ち手のほうに火をつけたため、暗闇の中で静かに失敗を悟るという悲しすぎるスタートを切った。

「また、花火したいね」

　いっぱいにふくらんだお腹にてのひらを置いて、あたしは目を閉じる。

　むきだしのふくらはぎに草が触れたときのくすぐったさを思い出す。サンダルで数十分動き回っただけで、一体どれだけ虫に刺されたのか、次の日から足がかゆくてかゆくてしかたがなかった。

たっぷりとふくらんだ線香花火の玉のひかりに、あたし達三人の顔がぼうっと照らされている。

この火の玉をいちばん長く落とさずにいたひとが、いちばんしあわせになれるってことね。

ひーちゃんは闇よりも純度の高い黒色をした髪を揺らしながら、誰よりも早くその場にしゃがみこんだ。あたしと風人もそれにならった。風人の花火は一瞬で力尽きて、あたしとひーちゃんの花火の玉がぷくぷくと震えながら光の線を飛ばしていた。

頼りない光が、下からあたし達の顔を照らしていた。小さくしゃがんでいるので、目の前に汗ばんだひざがあった。あたしは少し舐《な》めてみて、そのしょっぱさに胸が苦しくなったことを覚えている。

ひざこぞうに浮かんだ汗は、少女の味がした。目つきが怖いという理由だけで、クラス中の女子から無視されていた小学四年生のころの味。

土手を歩く浴衣姿の人たちは、あたしたち三人の頭がきゅっと集まっているのを見て、何を思っただろう。

かこかこと鳴る誰かの下駄《げた》の音を背中で感じながら、あたしは、いま三人ともがいちばんしあわせだと思った。体の中すべて、血管の内部も内臓と内臓の間もすべて、しあわせが埋め尽くしていると感じた。線香花火の玉は、あたし達の過去や未来、期待や不安や失望や夢、すべてを含んで、たっぷり、たっぷりと膨らんでいるんだと思った。火の玉は、なみだのようにふるふる震えてこぼれおちそうに揺れていて、先に落ちたのはどちらだったか、あたしは頭の中で時を追って思い出す。

レースから外れて手持ち無沙汰《ぶさた》になっている風人のてのひらと、まだひかっているあたしとひーちゃんの線香花火。きれいな三角形を描いて、夏の夜に浮かんでいる。火の玉が落ちる。落ちる。震えて落ちる。ああ、とあたしは大きく息を吐いた。線香花火の危うさは、ひーちゃんに似ている。

震えた。

あたしは目を覚ます。やはり少し寝ていたようだ。ひーちゃんは iPod を真剣な表情で見ていた。あたしが起きあがるとそれを隠すように、「携帯鳴ってたよ」と教えてくれる。震えたのはあたしの携帯だったらしい。

近くに転がっていた携帯を手に取って、もう一度ぼふんと寝転がる。

【へたれ（かざと)】

こんなにバカバカしい名前が画面に現れているのに、あたしは腹の上を誰かに踏まれたように一瞬で全身を力ませた。そういえば、あの日以来風人とは会っていないし、連絡も取っていなかった。

表示、という二文字に触れる。

好きになっちゃいけない人を好きになったときって、どうしたらいいのかな
【相談っていうか助言してほしい】

大学生とは思えないくらい幼い風人の声が、耳の中で溶ける。そんなこと聞かれたって、どうしたらいいかなんてあたしはわからない。携帯の画面が自然に暗くなるまで、あたしは風人の声の形をしたデジタル文字を見つめ続けた。風人がこんなメールをしてくる人だとは思わなくて、なぜだか少しだけ悲しくなった。

変わりばえのしない夏。そう思っていたけれど、少しだけ、変わってしまったことがあるのかもしれない。

「ひーちゃん」

「ん？」

「『好きになっちゃいけない人を好きになったときって、どうしたらいいのかな』」

あたしは寝ころんで暗くなった携帯の画面を見つめたまま、風人からのメールを読

みあげた。ひーちゃんの顔は見えない。白い天井が、少し汚れている。

「……『好きになった』とき、って、もう好きになってるんだから、どうしようもないじゃない」

やっぱり、ひーちゃんの顔は見えない。だけどわかる。ひーちゃんはきっと、やさしさでできた膜に瞳を浸らせて、寝転んだあたしを見下ろしている。ぷっくりとふくらんだ線香花火みたいに、何もかもを含んでまるくひかる瞳で、あたしを見ている。いつ消えてしまうかわからないようなひーちゃんは、線香花火に似ている。

いつの間にか眠ってしまった。ひーちゃんは、あたしが眠ったあとも起きていたようだ。結局Tシャツもスウェットも貸すのを忘れていた。始発が動き出すころ、あたしはほんの少しだけ目を開けて、早朝の風にひらめく黒髪を見送った。

☆

「彼氏、かっこいいよね」

大嶋《おおしま》さんがあたしの二の腕を突っつく。

「かっこいいから付き合ってるんですよ」

ひゃあ〜と肩を抱いて悶えるようにする大嶋さんは、三十九歳に見えない。あたしが大学に入る前からこのパン屋でアルバイトをしているので、大嶋さんはお店のことならなんでも知っている。前にいた女の子は常連の男の子と付き合ってやめたとか、火曜の昼間はイケメンが多いとか。客の有無に関係なくからからと無駄話をするので、退屈しなくておもしろい。

「この前も来てたよね、彼氏」

「あの前日、彼のアパートに泊まってたんですよ」

ひゃあ〜！　大嶋さんは、友達の初体験話に驚く中学生みたいな反応をする。男子が教室で着替える様子を、顔を隠す指のすきまからしっかり凝視している感じだ。そんな反応がかわいいので、二十歳近く年上の大嶋さんに対して、ついからかうように話してしまう。

「やっぱ最近の大学生は連れ込むのよねえ」

「いやいや……中学生の息子さんだって、まさにいま連れ込んでるかもしれませんよ」

ひゃあ〜！　この叫びを三回聞くとあたしはもう満足する。コジローもうすぐそうなるのかしら、と今年中学校に入学した息子の名前をつぶやきながら、大嶋さんはお客さんに対応する。息子にコジローという古風な名前をつけるセンスが、あたしは好きだ。

前、大嶋さんに、「学生時代どんなだったんですか？」と訊いたことがある。すると大嶋さんは、小学一年生のランドセルみたいに赤い顔をして、

「あなたのようなきれいで目立つキラッキラした女子大生……のうしろにいっつもいたわ。うらやましくって」

と、はにかんだ。あたしは大嶋さんの決して細くも長くもない足を見て、コジローはこんな母親を持ってしあわせもんだな、と思った。そのあと「あたしなんかよりもっとキラッキラな子いますよ」と、ひーちゃんを連れてきたときは、やっぱり「ひゃああ〜」と驚いていた。そして、なぜかついてきた風人に向かって「あなた、この子の彼氏？」と訊いてしまい、風人のみ照れたように頭をかくという茶番劇が繰り広げられた。

風人は照れると頭をかく。あのキスをしたあとも、誰も見ていない中で人知れず頭をかいたのだろうか。

「お前、いつならちゃんと働いとるわけ？」

喉の内側をぐんと押すような低い声が降ってきた。大嶋さんが、短く「あ」と声を

漏らしたのがわかる。尾崎は「ボーッとしすぎ」とあたしの頭を小突いた。

「……またかわいいパン買うの？」

あたしは、トレイに載せられたチョコチップスティックとりんごカスタードパンを見ながら、片頬だけで笑った。大嶋さんがとなりのレジで別の客の対応をしている。いつもよりも声が弾んでいるところがほんとうにかわいい。大嶋さんは尾崎がわりとタイプらしい。

「俺甘党やからさ」

「知ってるっつの」

「納豆よりも甘納豆やからさ」

意味わかんないよ、とあたしは笑いながらレジキーを押す。尾崎の後ろに広がっている景色が、なぜだかとても遠いもののように感じる。

キャンパスの中の日差しは、学生の息吹きを含んでそこらじゅうで輝く。そのひかりを背後に立つ尾崎の姿が、なぜだか、よく見えない。

あたしはなんだか危ない気がした。何がどのように？　具体的にはわからないけれど、だからこそ、一番危ない気がした。

「ねえ、今日泊まりに行く」

金曜日だし、土曜授業取ってなかったよね？　あたしは小銭を受け取りながら、今度は両頬で笑った。この笑顔はうそっぽくないはずだ、とあたしは思う。だってどこにもうその気持ちなんてない。大嶋さんが「あらまっ」という顔をし、隣で耳をそばだてているのがわかる。

「授業何限までだっけ？」

聞きながら、あたしは少し目線を逸《そ》らす。

「ごめん」

左耳から入ってきた尾崎の低い声と、右耳から入ってきた大嶋さんの「ありがとうございました」が、鼻のあたりで混ざり合う。照れにより逸らした目線の行き場がなくなる。

「今日は無理や。ホラ、俺、明日からクラス合宿で河口湖いくからさ」

朝早いんだよな、荷造りまだしてねえし、と言うと、尾崎は買ったばかりのチョコチップスティックを店内でかじり始めた。

尾崎のクラスは仲がいい。きっと見た目が八十点くらいの女子がたくさんいて、明るいやんちゃな男子もたくさんいて、バーベキューとかスノボとかいつも皆で行くような感じで、つまりそれは、あたしが自分の教室に入ったときに真っ先に切り捨てた世界だ。

尾崎が、日差しに吸いこまれていく。その姿がどんどん遠くなっていく。

「合宿？　明日から？　そっか」

こういうとき、人間ってどうしてこんなに不出来なんだろうと思う。それとも、なんでもない振りがこんなにもへたくそなのは、あたしだけなのだろうか。

「言ってなかったっけ？」

尾崎は、ちょっぴり指についたチョコレートを器用に舐める。

「聞いてないよ」

「言ってなかったっけ」

尾崎は最後のひとかけらを口の中に放り込む。

「まあ、そんなにたいしたことやないし」

おみやげ買ってくっから、と言い残して、尾崎はひかりの中へ消えていった。学生たちが抱く、明日からの休日への期待がたっぷりと溶け込んだひかりの中へ、広い背中が消えていく。

「男が言うたいしたことじゃないって、女にとっては、たいしたことなのよね」

大嶋さんが、あたしにチョコチップスティックを差し出した。「私のおごり。こういうときは、甘いものよ」かっこいいことするなあ、と笑いそうになりながら、あたしはそれをくわえる。舌の先っぽにチョコチップがあたって、ほんのりとした甘さが舌の上に広がった。

同じチョコレートなのに、ちがう。尾崎のアパートで食べたシュガーコーンのチョコは、もっともっと美味《おい》しかった。

「店員なのに、堂々とパン食べてるのおかしいよね？」

尾崎と入れ違いに入ってきた客が風人だということには、声をかけられるまで気がつかなかった。

「あらまあ！　あの美人さんの彼氏さんじゃないの」

大嶋さんがあたしより先に素っ頓狂な声を出す。「風人、頭かいてないで否定しな」あたしはちゃんと注意する。

パンの甘いにおいの中を、風人はてくてくと歩き回る。ストラップの部分がだらんと長いリュックは、風人の小さなおしりをほとんど全部隠してしまっている。

メールのことには、お互いに触れない。

「ねえ、さっき話してたのが尾関くん？」

風人はパンを選びながら、すこし大きな声を出す。「そうよぉ、かっこいいよねぇ」

となぜか大嶋さんが先に答える。尾関じゃなくて尾崎なのに、とあたしは思う。

「風人、尾崎としゃべったことなかったっけ」

「うん、実は会ったことすらない」

　この蒸しパンもしかして焼き、蒸したて？　風人はうれしそうに声を弾ませながら、ほのかに湯気をのぼらせているくるみ蒸しパンをトングでつまむ。それも、たった今たまごから孵《かえ》ったばかりのひよこを扱うような慎重さで。焼きたて、をわざわざ蒸したて、に言い直すところも、風人らしい。

「あたしの彼氏、かっこいいっしょ」

　あたしは、いつものようにそう言った。言ったあと、あ、と思った。

「……そうだね」

　そう答える風人の顔は、あまり、見たことのない表情をしていた。尾崎、こう見えて、あたしにはたいしたことがたくさんある。尾崎にはそんなにたいしたことじゃなくても。

「おれもこれにした」

　風人はすっかり冷めてしまっているチョコチップスティックを持ってきた。「この、取れちゃってるチョコもちゃんとちょうだいね」

風人は小さなことを気にする。

「甘いもんばっかり買うんだね」

あたしがそう言うと、風人はリュックの中から財布を探す。風人の小さな背中では遮ることの間に合わなかったひかりが、あたしを直接照らした。

「だって、汐梨がすごくうまそうに食べてたから」

風人の頬には、小さなえくぼがある。指でそっと押さえたくなるような、小さなスプーンで一口だけ食べられてしまったゼリーのくぼみのような。白い肌にすこしだけできる陰を見ながら、気がついたらあたしはこう言っていた。

「週末、あたしんち来ない？　鮭があるから」

☆

あんな言い方したら、うちにおいしいお酒があると思ったかな。大学生なんだから、鮭よりもその誘い方のほうが絶対自然だし。いや、それよりもあのとき大嶋さんが放った「ひゃあぁ〜」のほうが風人にとっては不自然だっただろうけど。

きっとあの三十九歳は、あたしが浮気をすると思っている。もしかしたら家に帰ってコジローに話したかもしれない。そしたら、コジローも今頃、あたしが浮気をすると思っているだろう。

部屋に掃除機をかける。トイレのスリッパをそろえて、本棚の漫画をちゃんと巻数順に並べておく。

どうして凪人を家に呼んだのか自分でもよくわからない。ただ、尾崎がいない間に、あのうさぎの足跡みたいなえくぼを突っついてみたい、と思ってしまった。

凪人はあのあと、「うん。日曜に行くよ」という言葉をおそるおそる転がして、パン屋から出ていった。あたしはとなりでうずうずしている大嶋さんと目が合わないようにしながら仕事を終え、今日、土曜日という二十四時間をまるまる持て余している。

ひとりは嫌いではないけれど、ひとりのときに部屋を貫くように差し込んでくる太陽は嫌いだ。ひとりのあたしに、あたしはひとりだとまんまと思わせるからだ。窓から外を見たりなんかすると、アスファルトでさえ宝石でも紛れ込ませているかのようにきらきらしているように見える。太陽は、ひとりの自分を嫌いになるようにしむけてくる。

ひーちゃんにメールしよっと。ベッドに寝転んだまま携帯のロックを外す。すると、去年の秋、尾崎と観に行った京都のもみじがあたしを出迎えてくれた。左端に映り込んでしまった不格好なピースサインから、尾崎の笑顔がにじんで見える。もみじを見て、きれいやなと笑う尾崎の頰にはぷくんとしたえくぼがある。

ちがう。えくぼがあるのは風人だった。

電話だ。

反射的に通話ボタンを押していた。間髪を容《い》れずに出てしまったので、尾崎のほうが言葉に困っていた。

【……出るの早くねえ？】

「メール打ってた途中だったから」あたしはうそをつく。

【ふうん】

「今バス？」

【そうそう】いまコテージ向かう途中、という尾崎の背後から、知らない声がたくさん聞こえてくる。ただ別の場所にいるというだけで距離を感じるのに、周囲の声が、ますます尾崎とあたしの距離を広げているように感じた。

【お前、最近なんか元気なくない？】

慣れない言葉をいう尾崎は、慣れない気持ちを丸出しにした調子で話す。

「……そうかな？」

【昨日話した時も、元気なかったっぽいし】

あのとき、尾崎の背後でさわさわと揺れていたひかりを思い出す。あたしがまぶしいと感じた、尾崎の背負うひかり。

「尾崎は」

【ん？】

「尾崎はたいしたことじゃないって思っても、あたしにとってはたいしたことが、たくさんあるんだよ」

たくさんあるんだよ。もういちど確かめるようにそう言って、あたしは電話を切った。なんだろうと思った。なんでこんな気持ちになるんだろうと思った。あたしはどこまで子どもで、いつまで子どもでいるつもりなんだろう。

いつまで子どもでいていいんだろう。いつまで、思ったことを上手に伝えられないままでもいいんだろう。たくさんのことができないまま、いつからあたしは大人になってしまうんだろう。

こうやって寝転んでいると、あるはずもないプラネタリウムが壁に浮かび、風人のキスがそっと落ちてくる。絶対に重ならないふたつなのに、きれいに重なった。

ひーちゃんにメールしようと思ったけれど、土日はいつも麻布十番でバイトをしているんだった。風人にメールしようと思ったけれど、土曜は用事があるから約束が日曜になったんだった。

　尾崎とひーちゃん、風人。三本指を折れば、あたしはもうそれで終わってしまう。他にももちろんアドレスを知っている友達やバイト仲間はいるけれど、自分からすすんで連絡を取ろうとは思わない。そういうとき、もしかして、自分という形は今後一切変わっていかないのかもしれない、と思うことがある。

　両方のてのひらから時間をこぼし続けながら、あたしはひーちゃんの瞳を思い出していた。間違いを間違いとして見つめ、やさしさの膜を張った力強い瞳。それは線香花火と重なる。さまざまな思いをたっぷりと含んで、まんまるに膨らんだあの光に似ている。下から照らされた、小さな小さなえくぼ。いちばん長く燃え続ける人は誰だろう。いちばんしあわせなひとはだれだろう。問いかけるように光は少しずつ大きくなって、やがてそれはなみだのような形になって、今にも落ちそうにふるふる震える。

　携帯が震えて、風人からの電話を知らせる。明日じゃないとダメだって言ってたクセに、と、たっぷりと焦《じ》らしてやってから電話に出た。

「なによー、来るの明日でしょ？」

いつも通り、炒《い》めすぎたもやしみたいな情けない声が聞こえてくると思っていたあたしは、笑いそうになりながらもきちんと耳を澄ました。

【汐梨】

電話口からこぼれるように漏れてきた風人の声は、

【ひーちゃんが車にひかれた】

想像していた何倍も情けない声だった。

あたしの中でプラネタリウムの動きが止まって、風人のキスの余韻が止まって、時間が止まって、その分、心臓が速く動きだした。

【いまどこにいる?】

風人の声はたっぷりの戸惑いと涙に溺れていた。視界の端から順番に世界が固まっていく。

「……ひーちゃんが、何?」

【いま、病院に運ばれた。いま意識はないみたいだけど、命に別状はないって】

「どこに行けばいいの」

麻布十番駅、という風人の声を聞いてすぐ、携帯を切った。財布と鍵を持って、家を飛び出る。

変わりばえのない夏。そんなこと、ない。

☆

麻布十番駅に着くと、風人が待っていてくれた。階段を駆け上るそのままのスピードで走り出そうとするあたしの手を握って、「病院、バスで行くから」風人はゆっくりとそう言った。

「大丈夫、命に別状はないらしい。まず落ち着いて」

「でも車にひかれたって！」

「大丈夫だから」

風人はあたしの手をもう一度強く握った。ね、と、まっすぐに目を見つめてくる。そのまま深く呼吸をしてやっと、あたしは少し動悸《どうき》をおさえることができた。

「何で、風人はそんなに落ち着いてるの？」

「救急車呼んだの、おれだから」

え、と思わず声を漏らしても、気にしない様子で風人は続けた。「確かに意識はなかったけど、それは多分ぶつかった時のショックだろうって。血が大量に出てるわけでもなかったし、大丈夫だって」ひーちゃんと一緒にいたの、と訊くタイミングを、風人は与えてくれない。

「御両親は実家からこっち向かってるって。だから、いまひーちゃんはひとりでいるよ」

あたしのことを落ち着かせるように、風人は話し続けてくれた。そういえばあたしは、ひーちゃんの出身地を知らない。実家どこなの、とか、そういう会話を友達になる糸口として利用しなかったあたしたちにとって、そんなことはこれまで話の種にもならなかった。

十分も待たないうちに来たバスにふたりで乗り込む。小銭を探していると、風人が二人分の運賃を出してくれた。

ぷしゅうと空気の抜けるような音がして、バスが走り出す。一番うしろの席に並んで座ったから、揺れが大きい。街の灯《あか》りを頬に流しながら、風人は言った。

「足を骨折したかもしれないって」

「骨折って……足だけ？　頭とかは？」

「骨折は足だけだって。大丈夫。おれたちが着くころにはきっと、目、覚ましてるよ」

そこまで話してやっと気がついたように、風人はあたしの手をパッと離した。バスに乗っている人は、とても少ない。

「……俺の今日の用事って、ひーちゃんに会うことだったんだ」

浮き出た鎖骨の陰から、風人の声が出ているみたいだと思った。

「ひーちゃん、わざわざ俺を呼び出して、ごめんって、謝ってきた」

風人が何を話しているのかわからず、あたしはただうなずくことしかできない。誰も停車ボタンを押さないので、バスはひとつめのバス停をそのまま通り過ぎた。

「ひーちゃんが風人に謝るって？　何を？」

「私が汐梨に話したら、今までの三人の関係を壊しちゃうかもしれない、そうなっちゃったらごめんねって」

かたかた、と、小さく音を立てながらバスは走る。何も書かれていない地図の上を走っているみたいだ、とあたしは思った。どこに辿《たど》りつくのかわからない。辿りついたその先にほんとうにひーちゃんがいるのか、実感がわかない。

「だけどもう、話すことに決めたから、って。あした、ひーちゃんと一緒に汐梨の家に行こうとしてたんだ、俺」

風人があたしに何を伝えようとしているのか、まだ、わからない。話すって、何をだろう。壊すって、何をだろう。

「ひーちゃんと別れたあと、すぐにドンッて音がして、振り向いたら、車にひかれてた」

「自殺？」

とっさにそんな言葉が口からこぼれ出て、その言葉の響きに自分でびっくりした。線香花火に似ているひーちゃんは、あるとき突然消えてなくなってしまうんじゃないかって、自分が心の奥底でずっとそう思っていたことに、いま気が付いた。

「ううん」風人は首を横に振る。「見てた人が言ってたんだけど、ひーちゃんの前にいたサラリーマンが、赤信号なのにふらっと飛び出したらしい。そのひとは、自殺しようとしてたのかもしれないけど……ひーちゃんはそのサラリーマンにつられるみたいに、ふらっと歩き出したんだって」

「……ひーちゃん、自殺を止めようとしたのかな」

ひーちゃんのあの目を思い出す。間違っているものを間違っているものとして捉える、あの目。

「それも違う」

風人は首を振る。

「ひーちゃん、iPod を操作してたらしい。画面を見たままイヤフォンしてて、車の音とか聴こえなかったから、前のサラリーマンが歩き出して信号が青になったって勘違いしたみたい」

あのイヤフォンを思い出す。ひーちゃんの使いこなせていない iPod についていた、周りの音をシャットアウトしてしまう耳栓型のイヤフォン。

「結果的にふたりとも、軽傷ですんだって。ある意味、ひーちゃんはそのサラリーマンを救ったのかもね」

救った、という言葉がひーちゃんにはぴったりで、混乱する頭の中、あたしは少しだけ安心した。

ひーちゃんが車にひかれたと聞いたとき、世界がひっくり返ってしまったような気がした。正しいと思っていたこととか、信じていたこととか、そういうことが全て覆ってしまったようなそんな気がしていた。だけどそういうわけじゃない。ひーちゃんは無事だし、誰かが亡くなったり、信じていたものが裏切られるようなことが起きたわけじゃない。

「でも、何で？」

裸足のまま履いてきたスニーカーが、むきだしのかかとに擦《こす》れる。

「ひーちゃん、iPod はシャッフル再生で流し聴きしてるって言ってたのに……」

シャッフル再生に設定していれば、画面を操作する必要はないはず。

バスの運転席付近、バス停の表示が変わった。知らない病院の名前が粗いドットで記されている。もうずいぶんとバスに揺られていた気がするけれど、時計を見ると十五分と経っていない。風人はあたしを見ないで言った。

「そうやって探してでも、聴きたい曲があったんだね」

探してでも、聴きたい曲。

風人の透明な声が、頭の中をぐるぐると駆け巡る。

風人がひとさし指で、バスの停車ボタンを押してくれた。うすぼんやりとしたバスの中で、小さな赤い光が十粒ほど、ぽんと点《つ》いた。

○○病院前、というバス停で降りると、病院の入口のまっしろな光で、部屋着姿のままのあたしの全身がむきだしになった。

「前に俺、汐梨にメール送ったじゃん」

「ああ、あれ」

エレベーターの上矢印のボタンを押す風人の腕を見て、少し、気まずい気持ちがした。

風人からそのメールが届いたとき、あたしはひーちゃんに答えを求めた。

「あれ、ほんとうは、ひーちゃんが俺に相談してきたことだったんだ」

好きになっちゃいけない人を好きになったときって、どうしたらいいのかな。

あのときあたしはベッドに寝転んでいて、ひーちゃんの顔を見ていなかった。ひーちゃんはきっと、とても優しい目をして、あたしに答えをくれたのだと思っていた。

でもきっと、そうじゃなかった。

「汐梨、その返事ひーちゃんに聞いたんだって？　さっき聞いて、俺びっくりしたよ」

エレベーターに乗り込む。風人が「5」を押す。

思い出す。

……『好きになった』とき、って、もう好きになってるんだから、どうしようもないじゃない。

あの日の明け方、トイレに入っていたのは風人だったんだ。

チンと音がして、エレベーターが止まる。

☆

ひーちゃんは目を覚ましていた。

真っ白なベッドの上で上半身を起こしている。右足に巻かれている白いギプスが、ひーちゃんのなけなしの人間らしさを更に奪っている。

「ひーちゃん」

そう呼びかけると、ひーちゃんは首をかしげた。

「誰？」

あたしの後ろで、風人が息を呑《の》んだのが分かった。

「……なんて嘘。汐梨、風人、心配かけてごめんね」

「もうやめてよ！」

ぼふんとベッドを叩《たた》くと、ひーちゃんは楽しそうに笑った。「あんまベッド揺らさないの」。風人がたたたと寄ってくる。

「大丈夫なの？」

落ち着いて全身を見ると、大きなけがをしているのはどうやら右足だけのようだ。

腕や頬にも白いガーゼが貼られているけれど、ひーちゃんいわく、「これはただの擦り傷」らしい。

「びっくりした、自分が車にひかれるなんて」

「おれもひーちゃんが背後で車にひかれてるなんて思わなかったよ……」

びっくりしたはこっちのセリフだよ、と、風人が眉を下げる。「あんな音聞いたら、笑い話にできないよ」まじめだなあ、とひーちゃんは風人をちゃかす。

「やっぱり私、iPod とか、向いてなかったみたいね」心なしか、ひーちゃんの声は、いつもよりも明るく聞こえる。「操作に集中しちゃうと、周りのこと見えなくなっちゃった」

思ったよりもひーちゃんは元気で、病室は明るくて、あたしは安心する。カーテンの隙間からこぼれてくる夜は、病室の白いライトにはかなわない。

「汐梨が入れてくれた曲、聴きたくて」

そして、あたしはひーちゃんには、かなわない。

「もう会えなくなったら、どうしようかと思った。目が覚めて、汐梨と風人が来てくれて、それだけでほんとうにうれしい」

いままであたしはひーちゃんに、どんな話をしてきただろう。尾崎との話をした。

何度だってしてた。くだらないのろけ話だってしてたかもしれない。だけどひーちゃんは、全部全部聞いてくれた。あの日だって、じょうずに焼けた鮭に甘い味噌をつけて食べながら、ティッシュで唇を拭いて、こう言ってくれた。

ふたりは、好きって伝え合える関係なんだよ、そんなにもしあわせなことってないよ。

「ひーちゃん」

あたしが名前を呼ぶと、ひーちゃんはあたしの目を見てくれる。いつもそうだ。

ひーちゃんは線香花火に似ている。とてもきれいで、繊細で、ずっとずっと見ていたいのに、ふるふると震えて今にも消えてしまいそうな危うさを、いつも抱いている。

それは、心の中にあるものすべて、あたしに隠し続けていたからだ。

「あたしたちの関係が壊れちゃうなんて、そんなこと、あるはずないよ」

あたしはベッドのそばにしゃがんで、ひーちゃんの目と同じ高さになった。

「そんなの、あたしたちに限ってあるはずないでしょ？」

そのきれいな火の玉が消えてしまわないように、あたしは、しっかりと、まっすぐに見つめる。

「あたしは、ひーちゃんと風人が、大切な友達なの」

火の玉が、涙を含んで、ふるふると震えだす。あたしは負けないように、見つめる。

「それ以外のことは、たいしたことじゃない」

もう火の玉は、消えたりしない。草むらの中に落ちてしまったりしない。

「好きになっちゃいけないとか、壊れちゃうかもしれないとか、そんなのたいしたことじゃないの」

この火の玉をいちばん長く落とさずにいたひとが、いちばんしあわせになれるってことね。

「あたしはひーちゃんといられてしあわせなの。尾崎といてもしあわせなの。風人といても、もちろんしあわせ。みんな、いちばん、しあわせなんだよ。誰がいちばんしあわせとか、そんなのないの。だから、壊れちゃうかもしれないとか、ありえないの」

ひーちゃんは、うん、と頷《うなず》いて、手の甲で涙をぬぐった。もう誰の火の玉も落ちない。

トイレに行ってくる、と病室を出るとすぐ、電話が鳴った。病院内だし切ろうと思ったけれど、着信画面に記されている名前を見て、慌てて階段を駆け下りて病院を出る。

【おう】

病院の入口から伸びる広く大きな道の上で聞く尾崎の声は、いつもよりあたたかかった。

【お前いま家いねえの？　いま何しとる？】

「いまちょっと、家出てる」

とっさに説明する言葉が思いつかない。息を整えながら、散らばってしまった心の位置を、正しい場所に戻そうとする。

「どうしたの？　いま合宿でしょ？　電話なんかしてていいの？」

【俺いま、お前んちの前におる】

え、と漏らしたあたしの声をもみ消すように、尾崎は早口で言った。

【お前、さっきの電話、いつもとなんか違ったから。心配になって戻ってきた】

あたしは、自分の火の玉が震えだしたのを感じた。

「尾崎、いつもみたいに言って」

【え？】

「そんなにたいしたことじゃないって」

ひーちゃん、これまでずっと、何を我慢して、何を思って、あたしといっしょにいたの。ひーちゃんは何を怖がって、そんなにも震えていたの。

あたしは、それだからってひーちゃんのことをどうにか思ったりしない。

そんなにたいしたことじゃないんだよ、ひーちゃん、きっと。

「言って尾崎。いつもみたいに、お願い」

電話の向こうで尾崎が【どうした、どうしたお前】と戸惑っている間に、あたしは我慢できずに、泣いてしまった。

燃えるスカートのあの子

ハルは短い黒髪にブルーのメッシュを入れているから、バイト先にいればすぐわかる。木村カエラみたいに髪型しょっちゅう変えらって感じで、オレはその奇抜さが好きだ。

「ハルーねえねえハルハルー」

話しかけても、ハルは携帯を見つめたまま顔をあげてくれない。ブラックコーヒーの苦みがそのままこびり付いたような眉間のしわだけが、オレを見ている。チビだし茶髪だし軽そうにしゃべるし、ハルはオレのことを嫌いなのかもしれないな、ちょっとショック。ってのは嘘。もう慣れた。

「ねーねーねーねー」

オレは足をぷらぷらさせながら、缶ジュースの底をテンポよく机にたたきつける。

ただでさえオレとハルしかいないバイトの休憩室なのに、こうなったらもうオレしかいないみたいだ。

「つるさいな、無視してあげてんだから大人しく無視されときなさいよ」

ハルは、疎ましい気持ちも一緒に閉じ込めるようにして携帯をたたむとオレを睨《にら》んだ。もう慣れたから怖くない。ってのも嘘。ほんとはちょっとまだ怖い。

「そんなんじゃ佐久間翔多《さくましょうた》はヘコたれないっすよーハァルさあーん」

「名前のとこ伸ばさないでくれる？」

翔多チャラいよ、ととりあえずオレの欠点を述べると、「今日財布忘れたからなんか買って」と、ハルはオレにたかってくる。くそう、と小さく声を漏らしながらも、オレはいつもの無糖缶コーヒーを買ってやる。「サンキュ」と、プルトップにかかるハルの細い指を見ていると、頭の中に椿の左手の薬指が思い浮かんだ。

「ねえー椿ちゃんのことなんだけどさ、かわいいかわいい椿ちゃんのことなんだけどさ」

「翔多ってほんとに女の尻追っかけてばっか」

「そういうわけじゃないよ！　オレが追いかけるのは椿ちゃんの尻だけだよ！」

オレは椅子から立ち上がって真っ向からそう主張したが、ハルは「きもい」とおはじきをはじくように言っただけだった。

バイトの休憩時間は、自動販売機しかない休憩室で過ごすことが多い。適当に何冊かの雑誌とお菓子が置かれているので、ひとりのときは大体雑誌をぱらぱらとめくって「なんかおもしろいことねーかなー」と呟いて終わってしまうけれど、ハルと休憩がかぶったときは、ちがう。全くちがう。事態は急変。

「今日は椿の何を聞きたいのよ」

ハルはハエを手で払うようにオレを座らせてから、耳に髪をかける。すると、ハルの形のいい耳たぶから、しゃらりとぶらさがる宝石が見えた。本物の宝石かどうかはよくわかんないけれど、まあ確かに宝の石って感じだ。オレと同い年のハルは、大学には行かずにダンスの専門学校に通っているらしい。いわゆるストリートダンスってやつ、とハルは言うけど、オレにはそれが何なのかよくわからない。渋谷のクラブイベントとかでも踊っているらしいが、何を聞いても結局よくわからない。だけどこんな見た目のハルが踊るんだよ、そんなの絶対かっこいい。でもストリートってどこ？国道とか？

「椿ちゃんの何を聞きたいかって？　言っていい？　言っていい？」だんだん、うっとうしがられるのが気持ち良くなってくる。

「にじり寄ってこないでよ」

「椿ちゃんって、今までどんな男と付き合ってたの？」

オレはハルの目を見つめたままびしっと言った。ハルはハロウィンのかぼちゃのような笑みを浮かべて、

「今の男より、昔の男が気になるの？」

と言う。いじわる！　ばばあ！　心の中で思いっきり叫んでから、オレは小声で
「今の男のことは、椿が自分でのろけてくれるからさ」とこぼした。ハルは「かわいそー」と実に楽しそうに笑う。笑いながらかわいそーって言われてるオレかわいそー。

「高校時代からねー、椿はほんっとーに男のシュミ悪かったよ。男見る目ないっていうか」

「マジで？　どんな男と付き合ってたの？」

「あんたみたいな男」

むっとふくれたオレの顔を指さしたまま、ハルはニヤリとする。このドSで魔女みたいなハルと、出来たてのふわふわわたあめみたいな椿が、高校時代、仲の良いクラスメイトだったなんていまだに信じられない。だけど、ハルが椿と同じ高校だって聞いたとき、オレは一瞬でハルのしもべになろうと決意した。それまでは青いメッシュ

が怖くて話しかけることもできなかったくせに。女心に比べたら男心なんてこんなもんだ。

ぎりぎり合格で滑り込んだ大学のキャンパスで偶然椿の姿を見つけたとき、オレには彼女にだけ太陽の光が集まっているように見えた。人間って不公平にできているんだなあ、と、椿の周りにいる女子を見てしみじみと思ったのだ。そのあと同じクラスに椿を見つけて、今度は自分に太陽の光が集まってきたように思えた。バカなオレがマークシートで奇跡を起こしこの大学に合格できたのも、この女神さまのお導きだったんだ！　と心の中で叫んだ。

「なんかあのカラダ目当てで言い寄ってくる先輩に人気だったって感じかな」

ハルの冷たい声をちょいちょいと追っ払って、オレは椿のアイドルみたいなルックスと抜群のスタイルを思い出す。背は平均よりも高くて、明るい茶髪がふんわりと巻かれていて、生まれたての子猫みたいにぱっちりとした二重で、細身なのに胸は意外と大きくて、ミニスカートから伸びる細くてすらりとした足に触りたい……ちがうちがう、いつのまにか出てきた欲望を心の奥の方に押しこめる。

「確かに、モテモテのサッカー部の先輩とかに騒がれてそうだよな……」

「そうそうそうまさにそんな感じ。二個上のサッカー部とか一個上のバスケ部とか、そういう奴《やつ》らが近づいてたな」

「イケメンで目立つ感じのね」

「顔だけで今まで生きてきましたって感じのね」

ハルはオレを横目で見る。

「翔多、あんただってどうせ、椿ちゃん椿ちゃんって言いながら他の女とヤってんでしょ？」

お気楽なだいがくせいだもんねぇー。ハルは缶コーヒーの残りを飲みほして、「そういうの、ホント無理」と、オレの股間めがけて舌打ちを飛ばした。そんなこと言ってるハルだって多分セックス好きなんだろうなー国道で踊るくらいだし、と勝手に解釈しながら、オレは昨日の飲み会にいた女子大の一年生を思い出していた。むっちりとした谷間にむらむらしているオレの内腿《うちもも》に、さり気なくてのひらを置いてきたあの女、ライン聞いといてよかったー。

「……なんかエロい顔してるよ」

「男はとりあえず女の服の中を透視できるからね」

「お前は凍死してろよ」

オレは「うまい！」と言って手を叩いたが、ハルはげっそりとして、「あたし休憩終わりだから」と空になった缶を手に立ち上がった。オレは「ハルいないと暇だよお」なんてぶつくさ言ってみたが、正確には「椿の情報たくさん持ってるハルいないと暇だよお」だ。

伏せ字になっている部分にも気づいているよ、という顔をしてハルは、

「ま、がんばんなよ。あの子、昔の洋画とか好きだから。体鍛えて胸毛とか生やせば付き合えるんじゃん」

と、オレに向かって、しっし、とした。ハルはいつもそうだ。最終的には結局、背中を押してくれる。だから休憩室を去る後ろ姿に、いつもなんとなくぺこりと頭を下げてしまう気持ちになる。携帯を主任に預けて仕事に戻っていくハルは、かっこいい。オレは、ブルーのメッシュがあんなにも似合う女子をハル以外に知らない。

女子大の子とラインをしていたらあっという間に休憩時間が終わってしまったので、携帯を預けてから仕事に戻る。テレフォンオペレーターのバイトは始めてもう四カ月になるけれど、電話を前にするといまだに緊張してしまう。しかし、今までのバイトは三カ月も続かなかったので、オレとしてはまあ長続きしているほうだ。さくさくとバイト先を変えるたび、いざ就職ってなったときオレはどうなるんだろうと思う。なーんか店長に嫌われるんだよな、居酒屋でもコンビニでも。多分、オレが

「店に貢献しよう」とは全く思ってないってのがバレてしまうんだと思う。でも、だからといって貢献しようという気にはならない。バイトをすぐに辞めるダメ人間翔多、と周りには笑い話として話しているけれど、実はたまにじっと考えこんでしまうときがある。

　自分にひとり暮らしができるとも思えないし、まだ車の免許も取ってないし、ハルみたいに、ダンスとかそういう人と違った才能があるわけでもないし、バイトも長続きしないし彼女もいないし、ヤらしてくれる女の子はいるけど、自分が思っていた十九歳ってこんなんじゃなかったよな、と思う。高校のとき教育実習に来てたヤツとかって、今のオレの二つ上だろ？　むりむりむりむりむり、オレまだ細切りにしないとピーマン食えねえし茶碗蒸しのシイタケと銀杏《ぎんなん》よけるし。それとこれとは関係ないかもしんないけど。

　こういうときに思い浮かぶ友達の顔は、なぜだかいつもより大人っぽく見える。車の助手席から見るオカジュンの横顔とか、大江健三郎を好んで読む結実子《ゆみこ》の長いまつげとか、読者モデルとして雑誌に載っている椿の笑顔とか。みんな、たぶん、少なくともオレよりはきちんと「十九歳」だ。

　いくつかのミスを指摘されながらバイトを終え、オレは駅へと歩く。返ってきた携帯電話を見ても、女子大の子からの返事はない。お互い実家暮らしだってことがわかって、急にめんどくさくなったのかもしれない。オカジュンからの「ごめんちこくすり」という相当急いでいるときに打ったのであろう間違いメールしか届いていなくて、オレはしゅんとなる。こいつ打ち間違えてるし送り先も間違えてるしかわいそう……オレにかわいそうとか思われてさらにかわいそう……。

前にハルが歩いていたので、「ハルーっ！」と大声で呼んでみる。ハルがブルーのメッシュを翻してくるりと振り向き、「大声だすな！」とオレより大きな声で言う。

バイト終わりの新宿は、他人がもっと他人に見える。

明日は月曜。二限から。

……なんかおもしろいことねーかなー。

☆

月曜二限の先生は、決して怒らない。少し遅刻して席についたオレにふわりと目配せしただけで、朗読していた詩のリズムを全く崩しはしなかった。

大学の情報冊子で、「単位がとりやすい講義ランキング」の四位に輝いていたから取ってみた月曜二限「現代詩の世界」。つまり、興味があったわけじゃなくてラクそうだったから取ってみただけだ。ミルフィーユのように美しく年齢を重ねた女の先生が、たっぷりと時間をかけて詩を朗読し、学生みんなで鑑賞するというただそれだけの授業。オレはこの授業中、いっつも肌がぴりぴりしてしまう。九十分間のうち何度かは、大声をあげて教室中を走り回りたくなる。詩の空気に浸っている学生たちの意識の中に圧倒的に無駄なものを差し込んでやりたくなるのだ。

教室をぐるりと見渡して、似非《えせ》マダムが溺愛する愛犬の毛のようなパーマを探す。わっしゃわしゃといじくりまわしたくなる、オレのお気に入りのパーマ頭。その真後ろの席に座る。

オレには、自分のバンドの歌詞を堂々と教室で発表するような度胸は皆無だし、授業が終わったあと、ラブレターでも渡すように自分の書いた詩を先生に見てもらおうと思う気持ちも全くない。むしろ、じっとりと目を細めてしまう。自分には何か特別なセンスがあると期待しているヤツは忙しいなあ、と思う。

マダム愛犬パーマのコイツも、これみよがしに机の上に『燃えるスカートの少女』なんて文庫本置いちゃってさ。わざわざ周りの人が盗み見しやすいように置いてあるんだなー。なになに、よく見えない、作者だれ？　エイミー・ベンダー？　よく見えたけど誰だよ。

　オレはいつものようにヤンジャンを読んだりしながら九十分をやり過ごし、講義終わりにたたたたたと教授に駆け寄っていく小柄な女子を横目で見る。小さな両手で大切そうに握っているノートには、きっと日々抱いている想いのかけらが詰まっているのでしょうね。あー恥ずかしい。

「スカート燃えたらパンツ丸見えじゃね？」

　オレは、似非マダム愛犬パーマを後ろから思いっきりわしゃわしゃする。

「何この文庫本、エロ本？」

「……翔多、お前今日もまた遅刻してきたな」

　ほんといい加減だなお前、と、パーマ頭が翻る。わかめのようにうねった黒髪の間からのぞくメガネのフレームは虹色だ。何度見ても似合っていない。

「礼生《れお》さ、目悪かったっけ？」

「僕はこのメガネがないといい映像が撮れないから」

「ハイ今日も礼生さんの言ってることよくわからない〜」

　いくら茶化しても、礼生は全く気にしない。オレの喋《しゃべ》る言葉なんてどうでもいいみたいだ。礼生の目線はハルの目線とはまた違う種類だけど、共通しているのは、オレを見下しているということ。いいですよいいですよー。

礼生とは、この詩の講義しか授業はかぶっておらず、そのときしか話をしない。この講義の初回、偶然にも（不幸にも？）オレが礼生のとなりに座ってしまったのが事のはじまりで、開口一番オレはこう話しかけられた。

「きみ、僕の映画に出ない？」

「え、で、でない！」

携帯でAV女優のブログを見ていたオレは慌てて画面を隠しながらそう答えた。礼生の顔をちゃんと見たのもそのときが初めてで、一度虫が入ったらもう二度と出てこられないようなわっしゃわしゃのパーマにも、虹色フレームのメガネにもオレは絶句してしまった。当の本人はオレのことなんて全く気にしていない様子で、そのまま学生映画の素晴らしさをとくとくと語り出した。

「僕はこのメガネがないといい映像が撮れないから」

さっきのコレ、礼生は本気で言っている。だからオレも、むりやりにでも茶化すしかなくなる。

この大学、特にこのキャンパスには「そういう」人はたくさんいる。自分は人とは違う、自分の世界を持っているっていう顔をして歩いている人。自分は何者かになれると思っている人々。だけど礼生はその中でも特にすごい。なんて言っていいかわからないけど、とにかくすごいのだ。まず初対面のあとのランチで好きな映画を聞かれ、なんとなく「レオン」と答えてみたところ、彼の中の何かに触れたらしく礼生の話は止まらなくなった。礼生がレオンについて語っている……オレは目の前のダジャレ的現象に内心ウケていて、そのあとちゃっかりゲオでDVDをレンタルした。実は、前に観たときは、途中で寝てしまったのだ。

結局、観直したオレが抱いた感想は、黒髪を切りそろえたナタリー・ポートマンがかわいかった、ただそれだけだった。礼生の言うように、人生観が変わるなんてことはない。

「飯食う?」

オレは、細いアゴでカフェテリアの方向を示す。あれからなんとなく、毎週月曜日はコイツと昼飯を食べている。映画監督になりたがるようなヤツって何を食べるんだろう、とか思っていたかつてのオレに教えてあげたい。ナスとか食べるよ。ふつうに。

「図書館に本返してくるから、翔多、席とっといて」

燃えるスカートのエロ本を持って、礼生は足早に図書館へ向かっていった。

礼生は映画サークルにたくさん入っていて、とにかく映画ばかり観たり撮ったりしているらしい。前に脚本のあらすじを聞いたことがあったけれど、起承転結も何もなく憂いだけが残りますといった感じで、オレは単純に苦手だなあと思った。礼生に誘われてうっかりその作品の上映会にも行ってしまったときは、作品の内容どころか部屋中を満たすなんともいえない空気にすら耐えられなかった。

大学の一室を黒いカーテンで囲っただけの上映室には、たまに誰かが出入りするので、明るくなったり暗くなったりして集中できなかった。オレは気がついたら足を投げ出していた。一言で言うなら、梅雨みたいな映画だった。なんともいえないじめじめしたいやーな感じが続いていて、あ、いま終わったの？　もう梅雨明けたの？　というような。とにかくわからなくて隣の人に話しかけようとしたら、その人の横顔は恍惚《こうこつ》に満ち溢《あふ》れていたのでオレそっとその部屋を出た。出口でたくさんチラシを受け取ったけれど、それは数歩先にあったゴミ箱に捨てた。

こんなにも人がいるのに、ほとんどが他人だなんて、大学って不思議な空間だ。込み合うカフェテリアの中で、オレは適当に空席を見つけて座る。

オレはなぜだか、「そういう」人たちが苦手だ。自分は何者かになれると思っている人。講義終わりに自作の詩を先生に見せに行ける人。海外文学の文庫本をこれみよがしに机の上に置いている人。淡い淡い抽象的な映画を撮り、暗室で披露する人。

そして、それを頷きながら読んだり聴いたり観たりしている人。甘やかす人たち含めて、みんな、共犯だと思っている。

もうすぐ二十歳なんだからさ、と思いながら、オレは携帯のロックを外す。どうせ普通の企業に就職しなきゃいけなくなるんだよ。結局は、自分が休んでも、誰かが代わりを務められるような仕事に就くことになる。そこで四十年近く働くんだ、たまに有休うまく使いながら。多分昼は五百円弁当で。

オレだってそうだよ。プライドなんて、持たないでいたらこんなにも楽なんだ。

それでも、どうしてだろう。そんなことを思うたび、辛いものでも食べたように、舌がぴりっと痛む。

「先に買ってきた」

礼生は揚げナスの載ったトレイを持って帰ってきた。「ふざけんな！」と吐き捨てて、オレは急いで食料を確保する。

オレが席に戻ると、

「いいもの食い、部屋へ行くのもいい」

開口一番、芸術家の礼生様が早速わけのわからないことをおっしゃった。

「どうされましたか？」椅子を引きながらオレは聞く。一応聞く。

「いいもの食い、部屋へ行くのもいい」

「……いただきまーす」

「下から読んでみ」

　から揚げサラダ丼Lサイズ三百九十九円をほおばりながら、オレはさっきの言葉を全部ひらがなにして頭の中に並べてみる。から揚げとマヨネーズがおいしくて、口の中に多めにごはんを入れてしまった。そして、それを飲み込むまでに、さっきの文章は下から並べても同じ文章になった。いいものくい、へやへいくのもいい。

「最近観た映画に回文が出てきてさ、それからハマっちゃって。あ、こういう下から読んでも上から読んでも同じってのの回文って言うんだけど」

「雅子様」

「……あ、回文ね。低次元すぎて気づかなかった」

　礼生って絶対オレのこと見下してるよな、ハルとは違う角度で。そう思いながらオレは、ウォーターサーバーの冷水でから揚げを流し込む。でもオレは、それでいいって思う。人に見下されて生きていくのって、誰かを見下して生きていくよりも、たぶん楽なんだ。たぶんね。

「雅子様とキツツキと雅子様」と、オレ。

「新聞紙とトマトと新聞紙」と、礼生。

「部屋とYシャツと私」絶句する礼生。

　オレの勝ちだ。よくわからないものと出会ったという表情で揚げナスを食べ始める礼生は、いつも重そうな機材を持ち歩いている。今日はカメラと脚立。

「礼生、彼女とかいないの?」いきなりそんなことを訊いても、礼生は動揺しない。女関係なんてどうでもいい、というフリをするから、オレはこの男のことをどうも信頼できないのかもしれない。どうでもいいわけないじゃん、いつだってエロいことしたいじゃん。

「いない。僕はカメラを通して見た女性しか魅力的だと思えないからな」

「それはつまりAV監督になりたいってこと?」

「……翔多、前言ってたパン屋のかわいい店員はどうした?」礼生が話をそらす。

「いやあれは言ってただけだから。本命は椿ちゃんっていうかわいいかわいい子が」

「あ、ごめん」礼生は携帯を手に取る。電話らしい。「うんそう、あの公園に十五分後」口ぶりからすると、これからの撮影の話みたいだ。

「今度はどんな映画撮ってんの?」

オレは箸《はし》でちょいちょいと機材を指すと、電話を切った礼生は「映画っていうか、まあオマージュっていうか」と生き生きとして味噌汁をすすった。長くなりそうだな、と、オレは唇についたマヨネーズとあぶらを舐める。

「やっぱり僕はレオンを観たときの感動が忘れられないんだよね。あのナタリー・ポートマンは永遠だね。あれって実は元祖ロリコン映画なんだよな。でもそれをそう思わせない完璧な魅力があの時の彼女にはある。僕はああいう存在を求めていてさ、いま助監督やらせてもらっている作品が終わったら、もう命を削る思いで和製レオンを撮ることに決めた。役者やスタッフにはとことんついてきてもらう。マチルダをこの手でつくるって決めたんだ」

はあ、ひひひ、ふうん、へーえ、ほお……と、とりあえず相槌でハ行を制覇してみたが、礼生は気づいていないようだ。

語るだけ語って、礼生は席を立つ。機材や荷物が奏でるガタガタという音が、自分はとても忙しいのだと主張しているようで気に障る。

「ねーねー」

オレは、ハルに話しかけるみたいに、わざとバカっぽい声を出す。

「初めて会った日、何で礼生はオレに映画出てくれって言ったの？」

虹色のフレームに囲まれたレンズの向こう、生きているようにうねる髪の毛の隙間から、礼生はオレを捉える。

「……一番大学生っぽかったから」

それじゃ、と礼生は歩きだした。オレは背もたれに体重を預けて、人ごみをかき分けていく礼生の背中を見送る。なんか今、オレ、もしかしてすげえ失礼なこと言われた？　いや、それともすげえ普通なこと言われた？　よくわかんねえ。

マチルダをこの手でつくると言って機材を背負った礼生の背中は、この世界じゅうにあふれる自由をすべて背負っているみたいに見える。自分はなんでも表現できる、これから時間はたっぷりある、という甘美なにおいをたっぷりと漂わせている背中。だけど本当は、一番自由じゃない。きっと、本人だって気付いている。

もうすぐ二十歳なんだからさ。

オレと礼生。下から読んでも、おれとれお。さっき頭の中にこんな回文が浮かんだけれど、言わなかった。オレは逆立ちしたって、礼生にはなれない。

☆

ピンポン、と聞き慣れた音があちらこちらで鳴っている。

「おい、翔多もう顔赤くなってんぞ」

オカジュンが、枝豆を口に放り込みながらオレを指さす。「ほんとだ、いつまでたってもお酒弱いよね」結実子が楽しそうに笑うと、椿もひまわりみたいに笑ってくれる。オレの顔が赤いのは、アルコールのせいだけじゃないぞっ！　胸元の大きく開いた椿の服を見てオレは思う。なんでこんなところに佐々木希が？　違う違う椿ちゃんか！　なんで今日もこんなにかわいいんだよーよーよー。オレは顔におしぼりをあてる。水分がほとんどなくなったおしぼりは、ほてったオレの顔をそんなに冷やしてくれない。

「私もう一杯ビール頼んでいい？」

ガラス細工のように美しい結実子の声に、私も私も、と椿が手を挙げる。オレ以外の三人は、みんな酒に強い。そもそも、とりあえずビール、の時点でアルコール的にオレはピークを迎える。ほんとは二杯目の時点でカルーアミルクとかつぶつぶいちごサワーとか頼んじゃいたいけれど、椿の前だからそれは我慢する。

【合宿の打ち合わせ飲みするから、十九時に駅前のおれんちこいに来い！】

丘島純《おかじまじゅん》という名前でメールを受信したとき、前に届いた「ごめんちこくすり」を思い出して、オレはまた間違いメールかと思った。今回はちゃんとした飲みの誘いだった。結実子がラインを使っていないため、四人に連絡をするときはメールになる。

いくら連絡が急だったとしても、オレたち四人は集まって飲む。たいてい計画をたてるのも連絡を回すのもオカジュンで、オレはそのたびにコイツが友達でよかったーって両手をあげて思う。

オカジュンは結実子を好きで、オレは椿が好きだってことがお互いに分かってから、オレたち男子の結束は固い。結実子と椿はクラス内でも目立つ女子コンビって感じで、オレとオカジュンはクラス内の幹事ってポジションだ。クラス単位で何かをするときには、基本的にこの四人が中心になる。

家を出る前、右側だけ短い茶髪をワックスで整えてから、オレはハルにラインをした。【今から椿ちゃん♥と飲みに行くぜーい！】なんて、ウソのようで本当のメッセージ。ハルのイラッとした顔を想像すると、なんだか心臓をくすぐられたみたいに楽しくなってしまう。

三人分のビールが届く。オレの一杯目、生の中ジョッキはまだ半分以上残っている。

オカジュンの向かい。椿の隣。結実子の対角線。あったかいごはんに納豆と味噌汁と焼き魚がそろったように、オレたち四人はいつでも無敵になれる。

「みんな忘れてるかもしんないけど、クラス合宿、もうすぐなんだよ」

オカジュンが、手についたつくねのタレを舐める。

「行き先って、河口湖だっけ？」「河口湖って何があるの？」「かわぐちんこ？」「絶対みんな忘れてるよ」オレの低俗すぎるギャグは口々に発せられる言葉の中に埋もれる。

「バーベキューほんとにやるなら買い出し係とか決めとかないと。道具はコテージでレンタルしてるらしいけど食材がな……」

こういうの決めるのいつも俺だよ、めんどくせえな、と言いながらもオカジュンの顔はちょっとうれしそうだ。「オカジュンのおかげで前の合宿も楽しかったじゃん」結実子はいつも正しいタイミングで正しいコメントを添えてくれる。出会った当初、結実子って誰かに似てるよな、とつぶやくオカジュンに、麻生久美子！　と絶妙な解答を叩き出したのはオレだ。

「みんなでバーベキューとか絶対楽しい！　頼りにしてるよオカジュンー」

「いや、買い出しはさすがにみんなに振り分けるって……、そういえば椿、前授業休んでたの、また撮影だったの？」オカジュンは追加でチーズ春巻きを頼む。

「あー……撮影っちゃ撮影だったね。何で？」

「いや、また新しい雑誌載ってんの見たからさー」読者モデルも大変ですなあ、とオカジュンはケチャップをたっぷりとつけたポテトをくわえる。

「椿、大学でもちょっとした有名人だもんね」結実子はすぐにジョッキを空にする。この中で一番酒に強いのは、確実に結実子だ。オカジュンは結実子のペースについていこうとして、いつもふらふらになってしまっている。

「すげーよなあ読者モデルなんて」そう言いながら、オレはハルの言葉を思い出していた。あの子高校時代からモデルのオーディション受けて雑誌とか出てたから、そりゃちやほやされてたよ、もちろん実物が実際にかわいいってのがあるんだけど。

でも、いいことばっかりじゃないよね、人前に出るって。

「すごくないよ、あたしはただの素人《しろうと》だもん」

「モデルだと、勝手に髪型変えられちゃったりとかさ、ないの？　それは嫌じゃね？」と、オカジュン。チーズ春巻きが届く。

「あー……言われることもあるけど、正直、シカトしてる。私、それは嫌だもん。あ、でも」

指についた枝豆の塩分をなめる椿のくちびるに、オレの目は一瞬で吸い寄せられてしまう。

「あ、でも好きな人が言ったことだったら、髪型もすぐその通りに変えるけどね」なんてね、と椿が笑うと、甘い甘い蜜のようなつやつやの茶髪が揺れる。結局のろけかよー、と結実子がまた酒を飲み干す。こいつ何杯目だ？

「のろけ？　前話した専門学生なら別れたよ。しかもけっこう前に」

「え⁉　いつのまに‼」

　ガタッといすから立ち上がったオレを、結実子が制止する。俺も知らなかった、とオカジュン。「何で⁉」さらに大声をあげると、結実子に少し睨まれた気がした。あんまりいい別れ方ではなかったのかもしれない。だけどそんなのオレには関係ない。椿が彼氏と別れたという事実だけをしっかり確かめたい。

「え、なんでダメになっちゃったの？」オレは結実子を見ないようにして聞いてみた。

「恋人であることへの価値観がちょっと合わなかったって感じかな。女の子とふたりでごはん行ったりしてて。ま、言っちゃえばちょっとチャラかったかも。個性的で、かっこよかったんだけどなあ」

　別に未練があるわけじゃないよ、とグラスを空にする椿を見ていると、礼生の「一番大学生っぽかったから」が頭の中で蘇って、オレは想像の中だけで虹色メガネを踏みつぶした。どうせオレは個性的じゃありませんよ。大学生なんだから一番大学生っぽくて何が悪いんだよ。

オカジュンがちらりとオレを見て、ほんの一瞬、ニヤッとした。お前、いいやつ。オレも一瞬ニヤッとし返す。その様子を結実子に見られていた気がするけど、気にしない。オカジュンは本当に楽しそうに結実子と話す。頰の筋肉をゆでたまごみたいにふくらませて、わらう。結実子を見ながら話すオカジュンの横顔は車の運転中のそれよりも全然かっこいいと思うんだけど、それは教えてやらない。

「彼氏のいない誕生日なんて久しぶりなんじゃない？」結実子の言葉に、やめてよ、と椿が眉を下げる。「ていうか椿ちゃん誕生日なの⁉」「翔多知らなかったの？」去年パーティしたじゃん、とビールを追加する結実子を、オレは凝視する。友達の誕生日を覚えておく、という機能が、オレの脳には搭載されていないらしい。「今年は撮影があるからいいんですう、スタッフさんに祝ってもらうんだから」オレはすぐにトイレに行くフリをして椿の誕生日が近いことを店員さんに伝え、サービスのケーキを準備してもらうことにする。

ラストオーダーと共にケーキを出してもらい、四人で写真を撮った。その後、女子を駅まで送ってからオカジュンとふたり、駅の周りをぶらぶらと歩いた。結局、バーベキューの買い出しとか道具レンタルの予約とかは、オカジュンがやることになるんだと思う。オレはとっくに終電を逃してしまっているので、このあとオカジュンのアパートに泊まって多分朝までウイイレをする。こうして歩いていると、夜風が酔いをしゅうしゅう吸い取ってくれる感触と、さっきまで笑っていた時間が過去の方向へと消えていく気持ちがする。

気分を盛り上げるためにお酒を飲むようになったのは、いつからだったろう。初対面の人と気兼ねなく話すための架け橋がお酒になってしまったのは、いつからだったろう。ただ顔を合わすだけで大声で騒ぐことができた学ラン時代をオレは思い出す。終電もなくなった街のロータリーで吐くまで飲んでいる連中にも、そんな時代があったはずだ。いくら揚げものを食べても体に肉がつかなくて、ボールひとつで日が暮れるまで遊んで、移動はとにかくチャリで、友達が買ってきたエロ本に大騒ぎしていた時代。

もうすぐ二十歳なんだよな。

「なーんかおもしろいことねえかなー」

オレは夜空に向かって体を思いっきり伸ばす。

「おもしろかったじゃん、飲み会」

と、オカジュン。おもしろいって、そういうことじゃないんだよな、ま、いいけど。

オレは思ったことを口に出さずに、河口湖がんばろうぜい、とオカジュンの背中を叩いた。

「お、お前もそこでけっこうがんばる気？」

「あたりめーじゃん！　彼氏と別れたとか、初耳!!」

神様が襲えって言ってんじゃん！　と、叫ぶオレの背中を、そんな最低な神様いねーよ、とオカジュンが叩く。ばしん、としびれる痛みの音が夜の街に響いて、オレはこの痛みの分だけ、またオカジュンのことをいいやつだと思う。

終電がなくなっても、学生街は動き続ける。街は人と電気であふれている。だけどその街は、オレたちが子どものころ体の中で沸騰させていたものとは違うエンジンで動いている。

「つばきいー！」

「うるせえ！」

「ゆみこおー！」

「お前が言うな！」

オレたちはとりあえず空に向かって大声で叫んでみた。別にスッキリしなかった。星なのか飛行機なのかわからない小さな光が夜空に散らばっている。礼生の撮る映画だったら、若者は星がいっぱいの夜空に思いの丈を叫んで全てスッキリするはずなのに。

「よし彼氏、劣化しよ！」

「は？」オレの発言に、オカジュンが動きを止めた。

「下から読んでみー、あ、小さい『つ』は大目に見てね」

首をかしげるオカジュンを残して、オレはオカジュンのアパートに向かって大股で歩き出した。コンビニで何か買っていこう。さっき、椿の手前、居酒屋で遠慮したデザートをコンビニで買おう。お酒はいらない。本当は、いつだってお酒なんて飲みたくない。

このまま思いっきり飛び上がって、あの夜空にグーでパンチをしてやりたい。そうすれば世界がどかーんと揺れて、何かおもしろいことが起きるかもしれない。礼生ならきっと、今のこのシーンにそんなモノローグをつけるだろう。

携帯を開くと、今ごろハルから返事が届いていた。【あっそ。私は今から練習】って、こんな時間になってまでまだ練習するのかよ。マジすげえなハル様。近くにあるコンビニにトイレのマークを見つけて、オレは安心する。

なんかおもしろいことあるかなー、河口湖っ。

☆

休憩室で青いメッシュを見つけたのが久しぶりだったので、オレはその髪を、えーいと後ろから引っ張ってみた。

「っ死ね！」

「ちょっ……オレじゃなかったらどうすんの」

「この私にそんなことするのあんたしかいないんだよ」ハルは後ろを振り向きもしないで開いていた雑誌をぱたんと閉じた。なんだかんだ言って、ハルはそうやってオレと話す準備をしてくれる。

「馬鹿、ハルはカバ！」

「……何なの？」

「下から読んでみー」

少し黙ってから、「二回イラッときた」と表情を変えずにつぶやいたハルがおもしろかったので、わはははとオレは胸を張った。あーくだらない、とハルは缶コーヒーをこくこくと飲みながら携帯を裏返す。ここでタバコが出てきたらハルらしいけどハルらしくない。ダンサーは体力勝負だからね、というハルは、タバコも吸わないしあまりお酒も飲まない。

「ねえねえねえ」オレは、ハルがひとりで固めていた空気を壊すように、ばしばしと机を叩く。

「何よ」

「なんかさ、楽しいことって、真っ最中よりも待ち遠しく思ってるときのほうが幸せだよなっ」

「……あーまあ、それは確かに」

「オレ、クラスの奴らと河口湖行くんだ。つ・ば・き・ちゃ・ん・も！」

発言を被《かぶ》せられたハルは、ゲリラ豪雨のような勢いでため息をついて、「それが言いたかったんだねーえ」と幼子をあやすみたいに言った。と思ったらすぐいつものいじわるな表情で、

「あの子のスッピン見てびっくりすんじゃない？」とオレの目の奥を見てきた。

「えっ、スッピンそんな変わるの？」

「ぜーんぜん変わらなくてびっくりするのよ」

化粧しなくてもいいって言いたくなるわよ。ハルはそう言うと、今まで見たことな

いような表情をした。オレはどう反応していいかわからなくて、へえ、と間の抜けた声を出してしまった。

オレはあの飲み会から、一秒ずつ、合宿が楽しみになっている。だけど、なんだかそうやって夢物語のように話している時が、一番楽しい気もしている。瞼の裏で、別れた彼氏の話をする椿の下がった眉を思い出す。オカジュンが背中をたたいてくれたときの痛みを思い出す。

「……そーいえば」

ハルが、くわえているポッキーを折った。

「翔多の大学ってさ、学生映画とか盛んなの？」

ハルがそんなことを聞いてくるなんて思わなくて、オレはわかりやすく驚いてしまう。

「盛んなんじゃない？　オレはよくわっかんないけど、友達でも撮ってるヤツいるよ」友達、と言いながら、礼生ってオレの友達だったっけ、と思う。

「私の兄貴がさ、美大の三年なんだけど、なんか、あんたの大学の映画に参加したーとか言ってて」

ハルは、ポッキーのチョコレートをまず全部舐める。そのあと、雨の日のきりかぶのように水分を含んだプリッツの部分をもぐもぐとする。口の動きを見るだけでその順序がわかる。

「え、その映画さー」

オレはちょっと身を乗り出して聞く。

「助監督が虹色のメガネかけてなかった？」

「そんなの私が知ってるわけないじゃん」

そうだよな、とオレは思う。

「でも半端ないパーマの人がいたって」ハルの含み笑いに、オレは頭をぽこんとやられた気になる。ビンゴ。

オレは礼生のことを嫌いじゃない。変なヤツだなって思うけどたまにおもしろいこと言うし、よくわかんないことばっかり考えてるけどなぜか昼飯はいっしょに食っちゃうし、スカート燃えるし、湿気の集合体みたいなパーマしてるし、そういうところも全部含めて嫌いじゃないから、ハルのいじわるな含み笑いをこれ以上見たくなかった。

ハルがこれから何を言おうとしているのか分かる。だからこそ言わないでほしいと思う。

「なんかとにかく意味わかんない映画だったらしくて」

心臓をきゅっとつかまれたような気がした。

「すげえつまんなかったーって言ってたよ」

あんたの大学頭いいのにねー、ま、だから考えすぎてわけわかんなくなるのかな。

ハルはもう一本ポッキーを手に取り、「食べる?」と聞いてくる。オレは顔を横に振りながら、カフェテリアから出ていく礼生の背中を思い出していた。肩にかけた重そうな機材をガタガタと揺らしながら席を立った礼生の背中。

「兄貴、初めて外部の人から声かけられたって喜んでたけど」

ハルの口の中のチョコレートと、礼生の夢。競うようにして溶けていく。

「それで生きていけるわけでもないのに、とか、思っちゃう」

ハルの長い睫《まつげ》毛が、丘のようにふくらむ頬に翳《かげ》をつくる。

「それで生きていけるわけじゃないんだよ」

ハルは形のきれいな白い歯で言葉を嚙《か》み砕くようにして、もう一度つぶやいた。直接心臓で聞いているような音の中で踊るハルと、マチルダをこの手でつくるという礼生。誰が誰かもわからない深夜のクラブでスポットライトを浴びるハルと、筋のない淡い雰囲気の映像ばかり撮り続けている礼生。

同じなのかな。

自分は何か持っているって思う人と、自分には何もないって思う人と、どちらが上手に生きていけるのだろう。どちらが辛《つら》い思いが少なくて済むのだろう。オレは、詩の授業で生き生きしてるヤツがわからない。礼生の撮る映画もわからない。だけどそれは、自分の目で直接見て思ったことだ。

オレは、ハルのダンスを見たことがない。

「自分の目で見てないのに、そんなこと言うの、よくないよ」

「え？」

ハルが俺を睨む。

「その映画、もしかしたら、ハルが見たらすごく面白いかもしれないじゃん。自分の目で見て、初めてわかることとって、あると思うよ」

どうしてオレは礼生をかばってるんだろう。話しながら恥ずかしくなってきて、声の調子をワントーンあげる。

「やっぱポッキーちょうだい！」

手を伸ばすと、ハルはわざとチョコレートの部分をてのひらになすりつけてきた。オレの体温に混ざったチョコレートはぬっとりと溶ける。「ふざけんな！」とふざけてみたけれど、ハルは笑っていなかった。

ハルはオレの目を見ずに言った。

「翔多さ、河口湖でがんばるの？」

オレはポッキーをくわえたまま小刻みにうなずく。

「そっか」

ハルは、机の上に置かれていた携帯を持って、不意に席を立った。もう休憩時間が終わるのかもしれない。ハルの青いメッシュの根元から、黒い髪の毛が生えてきている。

「あんたと椿、合ってないと思うよ」

ハルは俺に背を向けたまままそう言った。オレは、この背中がクラブのスポットライトを浴びた時、どんな風にひかるんだろうと思った。

これからひとりになる合図のように、ぱたん、とドアが閉まった。つめてーなぁハルは、と、ひとりでぼやいてみる。頭の中で、ほんの少しだけ重なったハルと礼生の背中を、オレは思いっきり首を振ることによってズラす。

☆

奇抜な椿。きばつなつばき。オレの頭の中で、そんな回文が点滅した。

「髪型かわりすぎ！」

オレはバス中に響き渡るような大声で見たまま感じたままを叫んでしまった。「スゲー黒いよ！」誰の目にも周知の事実を再び大声で確認する。「ぱっつんだし！　かわいいけど！」また叫ぶ。つい最近までは焼きたてのパンのようにふわふわでつやつやだった椿の茶髪は、夜の底みたいな色をしたストレートに変わっていた。長さは変わらないから、変化のインパクトは余計に大きい。今までは茶髪に隠れることもあった大きな瞳も、もう前髪に邪魔されない。きれいに上を向いているまつ毛は武器のように尖って見える。

「そんなに騒がれると恥ずかしいんだけど」

オレは、心の中ににじみ出した黒い気持ちに、気づかない振りをする。はにかむ椿に「しかしよく染まってんねえ」結実子が手ぐしをしながら感心している。女の子同士だと、ああやって髪の毛を触るのにも理由がいらないからうらやましい。

バスの一番後ろの席、右奥からオレ、オカジュン、結実子、椿。オレと椿、最長距離。

バスに乗ってすぐ、携帯が震えた。嫌な予感がしたから、オレは確認しなかった。

河口湖は思っていたよりも遠かったので、オレたちは予想以上の時間をバスの中で過ごすことになった。知らない土地の陽射しに貫かれているバスの中は、自分から半径五メートルの平和がぎゅっと凝縮されているようだった。オレは、メモを見ながらぶつぶつ段取りを確認しているオカジュンに必死に目配せする。ほら、結実子がヒマそうにしてんぞ。

椿の黒髪は、光を織り込んで、生きているみたいにつやめいている。

オレは、おろしたての筆で描いたようにすらりとした椿の顎のラインを見つめながら、あの飲み会のことを思い出していた。

あ、でも好きな人が言ったことだったら、髪型もすぐその通りに変えるけどね。

あの日、もっといっぱい酒飲んどけばよかったなあ。茶髪のふわふわが好きだった専門学生の彼氏と別れて、次は黒髪ストレート好きか。オレは、携帯をポケットから取り出して、ゆっくりと呼吸をした。覚悟を決めて、画面を確認する。

ハルからメッセージが届いている。

【もう河口湖だよね。前、休憩の最後にあんなこと言ってゴメン。椿、他に好きな人

できたから彼氏と別れたって。あんたにあきらめさせようと思ってあんなこと言った。それじゃ。】

あんたと椿、合ってないと思うよ。

ハルはオレに背中を向けたままそう言った。そう言ってくれた。ほんとはやさしいんだもんな、あいつ。今度ポッキー買ってやろ。オレはそう思いながら、椿の横顔を見つめる。あの黒髪は誰のための黒髪だろう。椿はオレの視線には全く気づかないようすで、その毛先を細い指先で愛おしそうに弄《もてあそ》んでいる。

暗くなった街並みにぼうっと現れた河口湖は想像を超える美しさだった。「超きれい！　何これー！」「なめてた！　山梨県なめてた！」

隣でうとうとしていたオカジュンも不意の歓声に目を覚ます。「おーすげえぞ！」一分くらい前にみんなで通り過ぎた感動をひとりでもう一度なぞっている。オカジュンの目は、河口湖を見ているというよりは、これから先に広がる楽しみを見つめているようだった。お前は多分うまくいくよ。オレは心の中でだけ思った。絶対口に出しては言ってやらない。

丘を少し上ったところにある隠れ家のようなコテージに着くと、「二階がある！」と男たちはとりあえず全室を走り回り、荷物をまとめて置こうとしている女子に煙たがられた。オレはトトロのメイの気分で部屋のドアを開けまくり、オカジュンは勇敢にも女子の寝室に突進し、メイクを直していた椿に殴られていた。「椿、鏡見るときの顔本気すぎ」「うるさい！」

男子のテンションが落ち着くころには夕食時になっていた。オレはバーベキューのセットを借りるため、オカジュンとコテージの管理棟へ歩きだした。

「オカジュン、ごめん！」

突然、声がしたかと思うと、クラスメイトの尾崎が自分の荷物を抱えてオレたちを追い抜いていった。「俺いまから帰らなあかんくなったわ！」冗談のような出来事に、オレもオカジュンも一瞬、立ち止まってしまう。

「事情が事情でな、マジすまん！」尾崎はがっしりとした肩を揺らして、坂道を下っていく。あっという間の出来事だった。

「……一人で帰れるのかな」突然のことすぎて、オレは半ば呆然《ぼうぜん》としたままそう呟きかけ

「……駅まで行けりゃどうにかなるだろ」というオカジュンの声にこくりとうなずくしかなかった。

　管理棟で、バーベキューセットを一式借りる。ふたりで来てよかった。ひとりでは持ちきれない。

　コテージまでの道を、ふたりで歩く。河口湖の湖面は、景色はそのままに映すのに、光だけはぼんやりと膨らませて映す。

「……椿ちゃん、新しい髪型も似合ってたな」

　鉄板が重いので帰り道はゆっくりになる。オレには、オカジュンが何を言おうとしているのか、わかる。

「確かに。目鼻立ちはっきりしてると、前髪短いほうがいいよな」

「おう」

「よくわかってるよな、いま椿ちゃんが好きなヤツはさ」

　オレがそう言うと、オカジュンはこっちを見ずに言った。

「買い出し組に酒いっぱい頼んどいたから」

　その言葉だけで、じんとする。「あ、ビールじゃなくて甘いやつな」やっぱりこいつはいいやつだ。

「お前は結実子といい感じだったな、うぜーぞ」

「幹事権限でもうひとつコテージ取っとけばよかったかな」

調子のんな！　とオレが頭をはたくと、冗談だよ、冗談、と言ってオカジュンは楽しそうにわらう。頰の筋肉をしあわせでふくらませて、わらう。

山梨の夜は、東京の夜よりもしっとり暗い。少し高いところにあるコテージからは、ぽうぽうとゆらめく街の光が見える。

じっくりと深くなっていく夜の中で、みんなの期待はぱんぱんに膨れあがっていく。各自スウェットや短パンに穿《は》き替えたオレたち男子は、食材の準備を女子に任せてバーベキューセットの準備に取りかかる。あーでもないこーでもないと騒いでいるうちに、結実子がアウトドア派だということが判明した。炭に火をつけることを一瞬でこなし、ぱちぱちと鳴き始めた火に照らされた結実子の笑顔は勇ましかった。「すげえな」と真剣に感心するオカジュンに、結実子は「違うよ、オカジュンがすごくないだけだよ」となかなかなセリフを吐いていた。

たくさん買い込んだ野菜と肉を、熱をたっぷりと含んだ鉄板に並べていく。「焼きおにぎりつくろ！」「おこげ食べたい！」女子たちがきゃあきゃあとごはんを焼き始め、「まだ飲むなっての！」早くもビールを開けているオレたち男子をオカジュンが叱る。うるせーヤリチン幹事ー、と適当にはやして、そんなに飲めやしない金色のビールを無理やりのどに流し込む。オカジュンが買っておいてくれたという甘いお酒なんてもうどこにあるかわからない。

喉元で炭酸が炸裂《さくれつ》する。ビールは苦い。やっぱりオレはまだガキだ。

「男子肉焼きすぎ！　そのへんバーベキューっていうか肉野菜炒めみたいになってるよ！」

「肉野菜炒めとかおふくろの味じゃん」

「味じゃん、じゃないよ！　皿にあったやつ全部載せたでしょ？」

「あ、花火あるよ！」

「このタイミング？」

ぱちぱち、あちちち、これ食べれるよー、ふーふー、ビールが足りん！　じうじう、たくさんの音の中でオレたちは食べたり消費したりする。鉄板からゆらゆらと漂う熱気と、クラスメイトの大きな声と、肉からしたたり出るうまそうな脂と、鼻から入って腹まで届く匂い。

一番大学生っぽかったから。

一瞬聞こえてきた礼生の声が、肉を焼く音に紛れて消えていく。

汗で頬を光らせるオカジュンの顔が、下から照らされている。炎がみんなの首筋を照らして、きんきんに冷えていた缶ビールがぬるくなっていく。それでも流し込む。みんな、肌がはりさけそうなくらいいっぱいに笑っていて、たっぷりとあぶらをつけた唇をぴかぴかに光らせている。久しぶりに出した膝小僧に焼き肉のタレがこぼれおちる。尾崎、帰らなければよかったのに。肉やたれのうまみが染み込んだ割りばしをくわえたまま思う。

早く今日が終わってくれればいいのに。

大学二年生、みんな顔をあぶらまみれにしていて、結実子なんてはしゃぎすぎてロングスカートを自分で踏んで少し破いちゃったりして。目に映るすべての人が笑っていて、頬張っていて、しゃべっていて、飲んでいて、笑っていて、笑っていて、笑っていて、椿がいる。オレは心が真っ先に走り出しそうな思いだった。楽しすぎる瞬間は、真っただ中にいるとなぜだか泣きたい気持ちになる。両手では抱えきれないこの幸福は、早く過ぎてしまって思い出になってほしいと思う。

「頑張ってビール飲んでるね」

いつのまにか右隣に座っている椿が、てのひらをぱたぱたとしながら熱くなった顔を冷ましている。バスのときと何か違うなと思っていると、その細い首にチョーカーがつけられていることに気がついた。

「それ、つけてたっけ？」

オレは、首を指さしながら聞く。

「さっきつけたの。髪型が不評だったらつけるのやめようと思ったんだけど、意外と好評だったから」

調子のっちゃった、と、椿は残りのビールを飲み干す。まっすぐに揃った前髪と、ピアノの黒鍵のような黒髪と、チョーカー。

「無理にビール飲まなくていいじゃん」

椿は、別のお酒を差し出してくれる。赤いラベルに「ベリー」という文字が見えたので、確かにオレの好きな系統に間違いない。ありがと、と受けとると、まるでそれが一連の流れとして決まっていたかのように椿は立ち上がった。

「チョーカー気付いたの、翔多くんだけ」

ありがと、と椿は他の女子のいる方向へと歩いていく。その後ろ姿を見ながら、オレはプルトップにひとさし指をかけた。

オレはふわふわの茶髪の方が好きだったし、チョーカーなんかで、せっかくのきれいな首を隠さないでほしい。新しい男は、オレと好みが全くちがうみたいだ。だからしかたないんだ。

「つかりたー！　焼き係交代！」

オレの左隣にどっかと腰を下ろして、オカジュンがTシャツをぱたぱたとなびかせる。汗ばんだ胸板はオレよりも厚い。オカジュンはベリーのサワーなんて飲まない。

「みんな好き勝手言いすぎ！　焼き疲れたぜもう！」文句を言いながらもオカジュンの顔は笑っている。

「オレのビールはー？　あと結実子はー？」

「しょうがねえなあお前は」オレはバーベキューをしている一角からいなくなった結実子を探しがてら、コテージの中にオカジュンの分のビールを取りに行った。冷房を点けたままのコテージは寒いくらいで、タンクトップ姿のオレは腕を抱え込む。立ち上がって歩きだしてはじめて気づいた。オレ、けっこう酔ってるわ。

「あ」

部屋の中に、結実子の後ろ姿を見つけた。本人は、オレに気づいていないらしい。オレはイタズラ心がにしししと笑いだすのを感じ、冷蔵庫の扉をばふっと開けながら、急に叫んでみる。

「結実子！　オカジュンが探してたよ！」

「びっ……くりしたぁ」肩を縮ませてこちらに振り返った結実子は、電話をかけていたのか、右手に携帯を握っている。「戻る戻る」とビールを片手にコテージを出ていく結実子を見ながら、オレはソファにどさっと横になった。そして、腹の中にある空気を全部使って叫んだ。

「オカジュン、がんばれよおおおお！」

そしてそのまま、海に沈んでいくみたいに眠ってしまった。

帰りのバスで聞かされたけれど、オカジュンと結実子は付き合うことになったらしい。「やっぱり覚えてなかったんだ」と笑うふたりに向かって、オレはバスに乗っている間じゅう喚《わめ》き続けた。いつ？　どこで？　どうやって？　コテージでどこまでやった？

「バーベキューのあとみんなで花火したの。そのときオカジュンの公開告白だよ。翔多はコテージで寝てたけど」

「無理やりにでも起こせよ！」

いやいや起こしたから、とオカジュンが手を叩いて笑う。

「途中で結実子と起こしに行ったら、お前むにゃむにゃしながら、すぐ行くー！って言ったんだぜ」

「そうだよ。そのときに、私たち付き合うことになったよって報告したら、すっごい大きな声で『お前らの幸せはオレの幸せだよ！』って叫んだんだよ」ね、と結実子が彼女の顔でオカジュンを見る。

椿は、「結実子もオカジュンのことけっこう前から好きだったんだよ、実は」なんて、オカジュンにとっては核爆発級のセリフを口にしている。

オカジュンが一瞬、申し訳なさそうな顔でオレを見た気がしたけれど、オレは、うらやましー、とか、子どもができたら教えてねー、とか、ひたすらピエロのようにふざけ続けた。

でも、なんだか、もとからこうなることはわかっていた気がする。オカジュンがうまくいく、なんてことは、きっとずっと前から決まっていた。

河口湖で過ごした二日間の思い出は、月曜日になってみればもう触れられない位置でからころと切ない音を鳴らす。もっともっと大人になってこの音を聞いたとき、きっとオレは、バーベキューのことやみんなでふざけたときのことではなく、この帰りのバスで感じたことを思い出すんだろうな、と思った。

☆

その日、礼生は珍しく二限をサボっており、昼休みに姿を現した。やっぱり久しぶりに見るわしゃわしゃパーマは目を引く。なんか前よりちょっと大きくなったんじゃねえの、あの頭。

「機材が重い」

そうぼやきながらも、礼生は満足そうな表情をしている。いまはきっと自分がやりたい「レオン」のような作品を撮っているんだろう。うっすらとハルの背中が思い出されたけれど、オレは白飯をかきこんでそれを忘れる。

「さっき、民家が甘味喫茶」

小鉢が何個か載ったトレイをテーブルに置きながら、礼生がぼそっと呟く。何？と言おうとして口の動きを止め、すべてをひらがなにして後ろから文字をつまんでいく。

「……すげー。意味はよくわっかんないけど」

「ついこのあいだまで民家だったところが、最近甘味喫茶やり始めたんだよ。隠れ家的な感じでさ、下北沢にあるよ。わらびもちがおいしいって評判」

本当か嘘かもよくわからないことを言って、礼生が揚げナスを食べ始める。スタバやドトールとかじゃなくてわざわざそういう店に行くってところが礼生様だ。

「あ、そーいえば」

デミチーズハンバーグを一口食べると、オレは言った。

「前礼生が助監督やってた映画って、美大の人とか協力してた？」

まだアツアツだったので、オレははふはふと口を開閉させた。

「あー、してもらってたよ。色彩的なヴィジュアル、というか画面のアート性にこだわりたくてさ。なんで？」

友達が言ってたから、と、オレは適当にお茶を濁す。礼生はビジュアルじゃなくてヴィジュアルって言うんだよな。思わずふっと笑うと、透き通った麦茶の表面が揺れた。

礼生の肩越しに見えるカフェテリアの入口は、そのまま夏の入口に見える。まだ何者でもない大学生が行き交う場所でも、同じ速度で季節は変わっていく。オレも礼生も、まだ何者にもなれなくて、だけど何者かになりたくてビジュアルをヴィジュアルと言ってみたりするんだ。

「今は新しいの撮ってんの？」

オレが聞くと、礼生は今まで見たこともないほど愛しそうに目を細めた。

「土日は主演女優のスケジュールが取れなくてちょっとハプニングがあったんだけど、今日から撮影再開。僕は、この映画に賭けてる。助成金ももらえそうなんだ」

本当にたいせつなものを見守るように目を細めて話す礼生を見ていると、主演女優って言ったって素人だろ、なんて軽々しい突っ込みが出来なくなってしまった。礼生は今、カメラのレンズを通した世界の中で生きているんだろうと思った。

礼生の肩越しに、初夏の光を貫くように歩いてくる人影が見える。首に届かないくらいに短く、ばっさりと揃えて切っている黒髪。しっかりとアイメイクがされた目に、首に巻かれた黒いチョーカー。

マチルダだ、とオレは思った。あれは、「レオン」に出てくるヒロイン、マチルダの格好と同じだ。

それは、見たこともないほど愛しそうに礼生の背中を見つめる椿だった。


あ、でも好きな人が言ったことだったら、髪型もすぐその通りに変えるけどね。

そりゃ、土日は主演女優のスケジュール取れなかっただろうよ。河口湖でいっしょにバーベキューしてたんだから。

「え、監督って翔多と友達なの？」

椿はそう言いながら礼生の肩に手をかけた。振りかえった礼生は、「もう撮影の時間？」と腕時計を見る。

個性的な人が好きなの、とか、カメラを通して見た女性しか魅力的だと思えないんだ、とか、椿はほんっとーに男のシュミ変わってるんだよ、とか、色んな人の色んな声が頭の中で弾《はじ》けて消えた。ぱちぱちぱちぱちと頭の中で弾けたあとにやっと、オレはいつもみたいに笑うことができた。

「撮影がんばって」

オレが手を振りながらそう言うと、ふたりは夏の入口へと歩いて行った。

三限の時間が近づいてきたからか、学生たちは荒い音をたてながら席を立ち始める。オレは背もたれに思いっきり体重を預けて、「あああああーあ」と声を出した。そのまま後ろ側へ首を垂らすと、世界がさかさまに見える。何人かがこちらを振り向いて怪訝な顔をしているけれど、気にしない。

つばきはれおのことがすき。さかさまに読んでも、文章にはならない。そりゃシュミ変わってるよなーハルの言う通りだなー礼生かー礼生かー虹色メガネかー。今日飲みに行こうよーオカジューン。

オレはカフェテリアをさかさまに覗く。何者でもない者たちが大人になっていく場所を、さかさまに覗く。みんなそれぞれ「一番大学生っぽい」のに、必死にそうでない振りをしている。さかさまになってみても、やっぱりオレは礼生にはなれなかった。椿は礼生に惚《ほ》れている。るいてれほにおれはきばつ。ダメダメダメ。椿は礼生のために髪を切った。たっきをみかにめたのおれはきばつ。ダメダメ。ダメだったんだ、オレ。失恋。オレは頭の中で、椿の顔に赤いペンキで×印を描く。

椿×。つばきばつ。

あ。

僕は魔法が使えない

自分が描いた画《え》を褒められると、その言葉が耳の中で溶ける。

「新《あらた》くんが描いた人物画って、絵の中の人が生きてるみたいに見えるんだよね」

甘い声でそんなことを言いながら俺のアパートの中をころころと転がっていた桜《さくら》は、今では俺の顔を見ようともしない。そう褒めてくれた桜の声だけが、ミルクティーの中に落とした角砂糖のように溶けて耳の中に沈殿している。桜は、今となってはもう、俺から授業プリントさえも受け取ろうとしない。

ジーンズの中で、足がじっとりと汗をまとっているのがわかる。さっきまでここは日陰だったのに、ふと気がついたら陽なたに変わっていた。てらてらと太陽から溶け出てきたような陽射しが、黒鉛と汗で汚れたキャンバスを橙色《だいだいいろ》に染めている。

きっしりと固まってしまった上半身の筋肉を伸ばして、俺は少し遠くからキャンバスを見つめた。画を描いている時は、自分の周りの時間だけが進んでいて、描き終わったその瞬間に過ぎ去っていた分の時間をぐんと飛び越える気がする。

うん、たくさん時間もかけたし集中もしたし、タッチもなめらかで、なかなか
「なかなかいいじゃん」

背後から声がして、俺は鉛筆を落としそうになった。

「っナツ先輩か！　びっくりさせないでくださいよ！　え、ちょっと、いつからいたんすか？」

「お前が満足げに自分の画見つめだしたあたりから。しかしお前、そんなちゃらい格好してキャンバスに向かうなよ。不釣り合いすぎる」

ナツ先輩は、長い前髪のすきまからくしゃっと細くなった目を覗かせて笑った。ナツ先輩の形のいい歯でしゃりしゃりと削られているガリガリ君から、ひとつふたつぽとりとソーダ味のしずくが落ちる。

「あげる」

あ、ありがとうございます、と、俺は戸惑いながらも差し出されたガリガリ君を受け取る。ナツ先輩の行動はまったく読めない。ガリガリ君は俺のテンションが下がるくらいに溶けていたので、本当はずっと前から後ろに立っていたのかなと思う。

「俺の格好ちゃらいですかね？」

「そんなバスケのユニフォームみたいな服重ね着してるやつ、この大学にはいないね」ピアスなんか開けちゃって、と、ナツ先輩はきれいなままの自分の耳たぶをびょんと伸ばす。

　色のはっきりとした古着が好きで、セットがめんどうだからソフトモヒカンに見えなくもないくらいの髪の長さをキープしていると、たまにこういうことを言われる。確かにキャンバスには似合わない気がするけど、別にちゃらくはないはずだ。別れた彼女に冷たくされて律儀にヘコんでいる俺なんて、世間の男子に比べたらかわいいものだろう。

「中学生みたいなこと聞くけど、ピアスって痛くないの」

　ナツ先輩が指さしているピアスは、桜が去年のクリスマスにくれたものだ。単純にきれいだと思ったから、別れた後も使い続けている。最近、俺の耳たぶを見た桜がわかりやすく顔をしかめたのを見たことがあるけれど、宝石はそんなことに関係なく美しい。

　この世界の本当の美しさや汚さは、どんなに上手に絵の具を混ぜ合わせたって表現できないと思う。どんな場所にもさまざまな出来事が染み込んでいて、この世界に存在するということの重みは、どうしたって描ききれない。
ナツ先輩以外の人は。

美大のキャンパスは、「美大生」というイメージをそのまま具現化させたみたいだ。この建物は、戦争が終わりを告げた日の空をイメージしました、この庭園は、冬なのに少し暖かい日の空気をイメージしました、この壁画は、熟れすぎたパプリカに包丁を入れる瞬間をイメージしました、どれを言われてもうなずくしかないような空気で満ちている。

一浪して美大に入った俺は、そのぴりぴりとした独特の空気に、まだ肌が慣れていない。

ナツ先輩は唯一、その空気に同調するでもわかりやすく反発するでもなく、かといって中立であるわけでもなく、どこにも根差さずにふわふわと浮いているような人だ。ひょろりと伸びたネギのような長身とさらさらの髪の毛を見たとき、俺は、なんだかこのひとは魔法を使えそうだと思った。男にしては狭いその肩幅からはいままで誰からも感じたことのないような雰囲気が漂っていたけれど、それはよくあるような人を遠ざける種類のものではなかった。

初めてナツ先輩に会ったとき、「先輩、とんがり帽子かぶせてホウキ持たせたら魔法使いみたいすね」と話しかけると、

「それ誰でもそうでしょ」

と返されたので俺は笑ってしまった。ナツ先輩は、いくらでも夢が見られるようなこのキャンパスの中で、一番現実を見つめている。

ナツ先輩とは四月、オールラウンドサークルの新歓コンパで初めて会った（ちなみに、桜ともその時出会った）。美大でオールラウンドサークルって、なんだかもう闇鍋みたいだ。ナツ先輩は、他の男の先輩たちのように新入生女子に寄っていくことも、何かを熱く語りたがることもなく、良いと思ったことはちゃんと正面から褒めるひとだった。しかも、よくよく聞いてみると、ナツ先輩はそのサークルの一員ではなかった。新入生ではないくせに、新歓に参加していたのだ。桜と気まずい、と相談をしたときも、「そうかー」と言ってぶどう味のぷっちょをひとつ差し出してきただけだった。グミの部分が歯につまるから嫌い、と桜がいつも言っていたぷっちょ。

「なんでこの会社はグミを入れようと思ったんすかね？　噛んでる間にどうせバラバラになるのに」

眉をひそめる俺に向かって、ナツ先輩は、

「バラバラになりそうなものって、意外と合うじゃん。そんな見た目のお前の画がけっこうやさしいみたいに」

と言った。やっぱりこのひとは魔法使いみたいだ、と俺は思った。

何かを作ったり生み出したり、創作というものに関わっているひとは、誰かを正面から見つめて褒めることが苦手だと思う。そうしてしまえばとても気持ちがいいのに、どんどん不器用になっていく。ナツ先輩は、そういう複雑な部分がすこーんと気持ち良く抜け落ちてしまっている。

なんというか、ひらがなで表すなら「あやめ」じゃなくて「つくし」みたいに、すべて一筆でさらりと書けてしまうけれどよく見るといろんな方向に開いているような、ナツ先輩はそういうひとだ。


俺は、手の形にフィットしてしまうほど溶けたガリガリ君の袋を歯で挟んだまま、キャンバスを片づける。いつの間にか俺と帰ることに決めたらしいナツ先輩は、俺の足元にしゃがんだ状態で「早く早くー。がんばれがんばれ新、がんばれがんばれ新」

と神経を逆なでするような応援をしてくる。じゃっと後ろ足で砂利を蹴散らしてみると、「やめろっ」と頭を殴られた。

「でもやっぱり新は、人物画のほうが向いてるな」

どこから「でも」がやってきたのか少し考えたけれど、俺はうむうむとうなずいておいた。駅までの道を歩いている途中で、ナツ先輩はコンビニに寄ってチョコモナカジャンボを買った。甘党なんだよね、と言いながらいつも甘いものを食べているナツ先輩は、それなのに全然太らない。

「やっぱそうすかね」

「うん。人物画のほうマジでけっこういいから、次のコンクール本気で攻めてみれば？　まあ俺個人の意見だからあんまアテにしないほうがいいかもしんないけど」

「桜にも人物画がいいって言われました」

「……昔の女の意見なんて一番アテにしないほうがいいよ」

ナツ先輩はたばこの煙みたいな声でそうつぶやいた。

俺は、大学から駅まで続く道が好きだ。等間隔に植えられている木が道を囲んでいて、喩《たと》えるなら表参道から高級さをすっぽりと抜いた感じ。いろんなひとがいろんな話をしながら歩いて、いろんな形の人間関係が築かれただろうこの道は、なんだかすごく大切なもののように思える。

夕陽が葉を撫でるようにオレンジ色の匂いを振りまいている。鼻が高いナツ先輩は、横顔が特に美しい。

「まあ、人物画とか関係なくさ、自分が向き合いたいと思ったものを描くことが一番いいよ。お前はたぶん俺と似てるから」

こうやって、ふと、ナツ先輩は魔法を使う。

「あ、そういえば」

俺は、先輩が差し出してくれた一ブロック分のモナカを口の中に放り込んだ。

「先輩、見ましたよ。一号館のピロティの」

ナツ先輩はモナカをくわえたまま、「あー」と興味なさそうに呟いた。

「いきなりあんな場所にバーンって、さすがっすねえ」

俺は頭の後ろで手を組む。

「なんかナツ先輩って残酷っすよね、ぱぱっとすごいの描いちゃうんだもんなあ。今度俺の作品提出代わりにやってくださいよー飯おごります！」

「どうせお前のバイト先のまっずい焼き肉だろ、おごるっつっても」

肉焼くだけなのにどうしたらあんなにまずくなるんだよ、と、ナツ先輩は、あまりうれしくなさそうに笑った。

最も多くの教室を擁している一号館のピロティには、あるスペースがある。毎春、都内で行われる美術展で、一番高い評価を受けた学生の作品を展示するスペースだ。いまそのスペースに飾られている作品は、混沌《こんとん》とした深夜のクラブを描いた画だ。無数のスポットライトが交差し、人々が絡まり合っている中で、全員の視線を体一つで吸収しているステージ上のダンサーが克明に描かれている。現実の人間よりも人間らしく、額の中で踊っている。

初めて見たとき、俺は、ナツ先輩がまた魔法を使ったと思った。

独特のタッチと色づかい、たったひとりのものではないセンスが凝縮されたようなその画を前にしたとき、俺は馬鹿みたいに立ち尽くしてしまった。きっと美術展でも、同じように立ち尽くす人が何人もいたのだろう。詳しくはわからないけれど、たくさんの偉い人からナツ先輩は連絡をもらったらしい。

ナツ先輩は、豪雨のような才能を持っている。大切に大切に水をあげつづけて実るものではないような、いつ降るかもいつ止《や》むかもわからないような、一般人からしてみたらある種残酷な才能だ。

口をつぐんでしまったナツ先輩になんとなく話しかけられないままのろのろと歩い

ていたら、いつの間にかもう駅についてしまった。そうだった、このひとはあんまり褒められることを好まないんだ。そう思っていたら、

「あ」

不意にナツ先輩が声を漏らした。その声に、自販機の前に立っていた女の人がはらりと振り向く。「あ」思わず俺も声を出してしまった。桜は、一瞬で嫌悪の雰囲気を醸し出すと、黒烏龍茶のペットボトルを握り足早にその場から立ち去っていった。

「俺、一応サークルの先輩なのに」

もう誰もいない自販機を指さしたまま、あいさつもしてくれなかったな、とナツ先輩はつぶやいた。いや、ていうかなんで「あ」とか言ったんすか。俺と桜が気まずいの知ってるでしょ。俺も「あ」って言っちゃったけど。

「女は強情だなあ」

一度も女について悩んだことがなさそうな顔でそんなことを言うので、俺は「そうっすね」と答えながら少し笑ってしまった。あいつは烏龍茶じゃなくて絶対に黒烏龍茶を選ぶような女だった。体重が二百グラム減ったとか、昨日焼き肉を食べたから今日はキャベツしか食べないとか、そういうことで毎日頭がいっぱいらしかった。ナツ

先輩の前でもそういう話ばかりするから、俺はなんとなくいつも緊張していた。桜を通して、俺までがっかりされたら嫌だななんて、そんなことを思っていた。

「お前ら付き合うのも早かったけど、別れるのも早かったよな」

「まー、長続きしないっすね俺は」

やっぱちゃれえー、と、笑われる。そうかな、と思いながら、俺はネックレスにぶら下がっている石をいじくる。

「人物画もいいけど、たまにはああやって風景を描くのもいいよな」

ナツ先輩は話題を変えるのも突然だ。

「お前がああやってキャンバス立てて描いてんの、珍しいじゃん」

まだ出会って二カ月程度しか経っていないのに、ナツ先輩は俺のことをよく知っているかのように話す。だけど、確かによく知られているような気もするから不思議だ。

さっき俺が描いていたのは、美大合格者の受験番号が張り出されていた場所だ。去年の春、俺の受験番号はそこにはなかったけれど、父さんは低い鼻の頭をかきながら「しょうがないな」と言って笑ってくれた。半熟たまごのようにやわらかい声だった。

去年の春、父さんと出掛けた最後の場所だ。

☆

おかえりの声より早く、カレーの匂いが鼻に届いた。汚れたエプロンを腰まわりにぶらさげて、母さんは台所で食器を洗っていた。俺は返事をしないまま自分の部屋へ行き荷物を置くと、読みかけの本を持ってリビングに戻った。

リビングと台所は繋がっているから、台所にいる母さんとも同じ空間にいる気がしてしまう。去年の夏までは、俺が描いた画がリビングの壁に飾られていた。銀色に光るピアノに向かう父の姿を描いた画だった。

「ただいま」の声を待つことを諦《あきら》めた母さんは、たまに鍋の中をのぞきながら味見をしている。俺は、匂いの波の中に、カレーとは別のものが混ざっていることに気がついた。

「母さん」

「ん？」

母さんは、あまり俺の顔を見なくなった。それは、俺が母さんの顔をちゃんと見なくなったからだ。

「会ってた？　あの人と」

俺の声に振り向いた母さんの顔は、ほんの少しだけ、いつもよりきちんと色づけをされていた。カレーとカレーの匂いの間に、たまに、フローラルの香水の匂いの粒がある。

「新」

諦めたような俺の声を覆い隠したいのか、母さんはさらになにかを諦めたような声を出した。

「鷹野《たかの》さんは、悪い人じゃないのよ」

そんなこと知ってるよ。俺はいつも、思っていることを言葉にしないまま母さんに背を向けてしまう。こういうところがダメなんだとわかってはいるけれど、わかっているからこそ直せない。

「新」

いつもこうなってしまう。母さんから目を逸らしたくて台所に背を向けると、誰も弾かなくなった電子ピアノと向き合うことになる。

この家庭でピアノが弾けるのは父さんだけだった。父さんの弾くベートーヴェンの

「さらばピアノよ」が好きだった俺は、その曲を弾く父さんの後ろ姿をよく覚えている。中学生のとき、その姿を描いた画が、県のコンクールで最優秀賞を獲《と》ったという事実は、今では背中のねじとなってきりきりと俺を動かし続けてくれている。

俺はいつだって父さんのいる空間を描いてきた。

去年の夏、母さんはその画をリビングの壁から外した。「見ると泣いちゃうから。だってこの画、すごくやさしい」ドラマに出てくるずるい女が言いそうなセリフを口にして、母さんはその画を父さんの書斎だった部屋にしまった。

俺は、「さらばピアノよ」の途中、さまざまな感情と共に駆け出すようなクレッシエンドのかかったメロディが好きだった。そこのメロディを聴いていると、今までの思い出を存分に染み込ませてずっしりと濡《ぬ》れた心が、やさしく絞られるような気持ちになる。

それに、

「新、もうすぐごはんできるから。食べるよね？」

父さんの作るカレーライスは、世界一おいしかった。今日は仕事が早く終わったからカレーでも作るか、という一言は、子どものころからずっと、俺にとっては魔法の言葉だった。

父さんのカレーは、ぴかぴかに光る金色をしていた。子どものころの俺の目にはそう映ったから、学校で絵の授業があったときもカレーの部分を金色に塗った。友達みんなに笑われながら、めったに使わない金色の絵の具のチューブを中身がなくなるまでぎゅうぎゅうと絞ったことは今でも覚えている。

もうすぐ二十歳なのに、俺はまだ父さんが作ってくれたカレーの味を忘れることが出来ない。父さんも母さんも同じだけ好きだったはずなのに、てんびんの片方の皿がなくなってしまってからは、それをどう確かめていいかわからなくなってしまった。

鷹野さんは父さんみたいにピアノを弾けない。父さんほどおいしいカレーは作れない。俺が受験に落ちたって、きっと、鼻の頭をかいて笑ったりしてくれない。

「新、食べましょう」

母さんの言葉に、俺は我に返る。ナツ先輩とラーメンでも食って帰れば良かった。

二人が座るにしては広すぎる食卓で、俺はやっぱり違うと思った。鷹野さんと出合ってから、母さんはよくカレーを作るようになった。だけど、何回作っても父さんのカレーと同じ味にはならない。それでも願かけでもするように、母さんはカレーを作り続ける。

☆

「……言ってもいいっすか？」

「ハイどうぞ」

「わっっっけわかんなかったっすよね⁉」

俺の言葉に、ナツ先輩はむむむむとうなりながら、縦にも横にも見えるように首を振った。と思ったけれどよく見ると、わがままに伸びるトルコ風アイスを切ろうとしているだけだったようだ。

「なんとも言えなかったよね」

「言葉選ばなくてもいいっすよ！　俺はマジ意味わかんなかった。作品もだけど、とりあえず助監督のパーマがずっと意味わかんなかったです」

今度はひゃははははと派手に笑うナツ先輩は、「次はあのパーマが意思を持つ話撮ればいいのに」ととても楽しそうだ。今日の先輩は白いシャツにライトグリーンの短パンをはいていて、大きめのチューリップハットを目深《まぶか》にかぶっている。下北沢は、魔法使いみたいなナツ先輩をも背景のひとつにしてしまう怖い街だ。

R大学の映画サークルが俺達に声をかけてきたのは一カ月ほど前のことだ。正確に言うと、声をかけられたのはナツ先輩だけだった。あのダンサーの画を美術展で見て気に入ったという派手なパーマの助監督が、大学を通してナツ先輩に連絡をしてきたらしい。映画のヴィジュアル監修をしてほしいという依頼で、今回の作品では画面のアート性を重視したいからヴィジュアルをなんちゃらかんちゃら、話していた内容はよく覚えていないけれど、ビジュアルをヴィジュアルと言っていたことだけははっきりと覚えている。「新は俺のマネージャーつーことで」と言うナツ先輩に連れられて、なぜか俺も一緒に手伝うことになってしまった。ナツ先輩には「ヴィジュアルアドバイザー」みたいな名前がつけられていたけど、先輩はエンドロールやパンフレットにそうクレジットされるのをひどく嫌がった。

撮影現場には何回か参加した。俺は映画に何かを言える立場ではなかったのでとりあえずだんまりを貫き、ナツ先輩はたまに「アイス買ってきていいですか？ 新が」「こうしたほうが遠近法の効果が出るんじゃない」「そのお菓子食べていいですか？ 俺が」「この角度から撮れば？」とかちょこちょこアドバイスやらをしていた。ナツ先輩が何か言うたびに、学生スタッフ陣は「なるほど」「こっちのほうが臨場感あっていい」とかやたら感心しながら言っていたけれど、ナツ先輩はいつもと変わらない表情をしていた。

学生スタッフが地を這って映画のセンスをつかみとろうとしている様子を、このひとは海岸道路を駆け抜けるオープンカーの助手席から見ている。

「完成披露試写会」は、サークルの追い出しコンパなどでよく使われるというスクリーン付きのカフェで行われた。ランチをしながら、完成した映画をスクリーンに映して観るというスタイルだった。見覚えのあるスタッフや見覚えしかない超絶パーマの助監督、むしろ見覚えのない監督などで席はなんとなく埋まっていた。「後ろの方でいいや」とつぶやくナツ先輩にくっついて、俺達はあまり目立たない位置で映画を鑑賞した。

脚本を読んだときから思っていた。全くわからない。俺があまりにもくしゃくしゃな顔をしていたからだろう、ナツ先輩がこっそりと耳打ちしてきた。

「大丈夫、俺たちが全くわかっていないんじゃなくて、この人達がわかってもらおうと思ってないんだから」

こういうものに触れたとき、俺は、わからない自分に落ち度があるのかと思ってとても不安になる。そういう気持ちを、ナツ先輩は見抜いてくれる。

やっぱこのカットがいいよね、お前このシーンやりたかっただけだろ、ここのエキストラさん意外といい演技してるんだよな、このBGM反則でしょー、ここの撮り方娯楽映画みたいでダサい、このへん九〇年代の北欧映画っぽいの意識してない？

スタッフ達は楽しそうにスクリーンを指さしたりしながら談笑していた。完成披露試写会、と名付けられてはいるが、この映画に関わったひとしかこの場におらず、世界のどこにも披露されていないなと俺は思った。卵がたっぷりと入ったカルボナーラのソースはあっという間に固まってしまった。

「あんなんばっかりなんすかね、学生映画って」

俺は、買ったあとにリバーシブルだと気づいたパーカのフードをかぶって、ナツ先輩が買ってくれた桃味のクーリッシュをくわえた。中身はかっちかちなので、今は桃の風味だけを味わうことにする。

「どうなんだろうね。アート性を大事にしたいなんて言われたときから危ないなとは思ってたけど……中には面白いのももちろんあるんだろうけどさ」

「普通に起承転結のある話撮ればいいのに」

「みんながわかる面白いものっていうのが一番むずかしいよな。誰にもわからないものなんて、誰にだって創《つく》れる」

俺達は誰よりも早く試写会場のカフェを出て、下北沢の街をなんとなく歩いている。アマチュアバンドが集うライブハウス、小さな劇団の公演が行われるシアター……下北沢は、地上よりも地下の方が人がいる気配がする。

「でも撮影自体は楽しかったな」子どもの書く日記のような文体で、ナツ先輩は話し続ける。「お菓子もいっぱい食べられたし。いいな、俺、俳優になろっかな」

「えっマジすか⁉」

「そんな外見で⁉　って言おうとしてやめただろ今」

ナツ先輩はきっと、なろうと思えばなんにだってなれるから、俺はつい目深にかぶったハットで隠れている目の奥を確認したくなってしまう。どこまで本気で言ってるんすか、なんて聞いたら、きっとまたおかしなことを言うなあという顔で笑うんだろうけど。

「でもさ」

初夏の風が、ナツ先輩の細い髪のすきまを縫っていく。毛先がすらすらと遊ばれて、心地良さが目に見えるようだ。

「ものをつくることに関して、わけわかんないひととそうでないひとは、もう一ミリくらいの差しかないと思うよ」

クーリッシュがやわらかくなってきた。ず、と思いっきり吸ってみると、袋がへこんだ分、口の中に桃の風味のみが広がる。

「でも先輩は、わけわかんなくないっすよ。言ってることとかはたまに意味わかんないときありますけど、作品はちがう」

へえ、とつぶやくナツ先輩は、くちびるをあまり良くない形に歪ませた。なんだか、さっきよりナツ先輩の帽子のかぶり方が深くなっている気がする。顔が、目が、表情が見えない。

「お前、一浪だったよな」

そう聞いてくるナツ先輩に、俺はクーリッシュをくわえたままこくこくとうなずいた。

「俺、新と同い年の妹がいるんだけど」

まだまだアイスは出てこない。

「妹がハルで俺がナツ。逆だろって感じなんだけどさ。昔はよく話したんだ。お互いのことも、どうってことないことでも。でも妹が高校を卒業してから、そういう空気じゃなくなった。妹もたぶん同じなんだ。何をしたら認められるのかわからない世界にいる。見る人が見たら、わけがわからないって切り捨てられるような世界にいる。俺は妹のことをわけがわからないとは思わない。でも妹は、俺のことどう思ってんだろうな」

俺は、ナツ先輩が目深にハットをかぶっていてくれて良かったと思った。いつのまにか先輩のトルコ風アイスはなくなっているし、妹がいるなんて話はじめて聞いたし、一体どんな表情で話しているのかも全くわからない。ナツ先輩はいつも、溶けかけたアイスで口をべたべた汚しながら無責任な言葉をためらいなくいっぱい垂れ流すのに、今はそのどちらもが欠けているから、俺は魔法の使えなくなった魔法使いの話を聞いている気分だった。

大学って、そういうところだ。無責任を背負って、自由を装っている。未来どころか、三歩ほど先のことだって、本当は誰にも見えていないんだ。

俺が魔法の呪文を口にできないままでいると、そのまま下北沢駅についてしまった。

ナツ先輩は、ハットの奥に隠れた目で俺の目を見ている。

「普通の、世の中の九十九パーセントの人から見たら、俺達だってあの映画と同じなんだよな」

「……あの」

「何？」

「妹さん、ダンサーすか？」

電車が到着する音が、とても大きく響いた。

「お前、次のコンクールは人物画でいけよ。お前、いけるよ。がんばれ」

俺の肩をぽんぽんと叩くと、ナツ先輩はひとりで改札を通って電車に乗ってしまった。まだまだ明るい街の中で、俺は、あの画の中のダンサーはきっとナツ先輩の妹なんだろうと思った。

自分が向き合いたいと思ったものを描くことが一番いいよ。てのひらの熱で、いつのまにかアイスは溶けていた。ナツ先輩の声が耳の中でくるりと転がる。新宿とは逆方向に走って行った電車はいつのまにかもう見えなくなっていた。

ナツ先輩が向き合いたかったもの。俺が向き合わなければならないもの。

アイスはどんどん溶けていく。

ナツ先輩はあの日の帰り道、確かにそう言っていた。自分が向き合いたいと思ったものを描け、と、さっきまで子供が乗っていたぶらんこのように、ゆらゆらと小さく揺れるいつもの声でそう言っていた。そしてさっき、俺の肩に手を置いて「お前、いけるよ」と言ってくれた。俺は嬉《うれ》しかった。とてもとても嬉しかったから、頭より先に運動神経が動いていた。それはすごく単純なことだった。

歩き出す。近づく。

「あの」

この人のことを見つけた時から、なぜだか、次はこの子のことを描きたいと思った。鏡を見るようにこの子と向き合って、納得するまで絵の具を混ぜ合わせなければならない、そんな雷のような直感が、俺の背筋のあたりを貫いた。

枯葉を踏むのを楽しむ小学生のように、さくさくと近づく。

立ち止まる。声が出る。

「すいません、画のモデルになってくれませんか？」

誰かと待ち合わせをしていたのであろう女の子は、俺の声に顔をあげた。

夏祭りのビー玉のような瞳の中に、俺がそのまままきれいに映っている。その子の顔いっぱいに浮かぶ戸惑いの色を見てから、この話しかけ方じゃヌードモデルみたいだとか、大声出されても文句は言えないかもとか、この子待ち合わせしてるっぽいのに時間あるわけないとか、やっと想像がマイナス方向に働き始めた。

思わずうつむくと、ロングスカートからのぞいた彼女の細い足くびが、こちらに向き直った気がした。

「……いいですよ」

「え？」

「いいですよって言ったんです」

今度は俺が顔いっぱいに戸惑いの色を浮かべる番だった。

「いま友達と待ち合わせしてたんですけど、もうとっくに時間過ぎちゃってて。遅刻するとかそういうメールもないから寝ちゃってるのかも。それにモデルだなんてたのしそうだし」

彼女は俺の予想とは反して、話すことが好きなようだった。「友達が読者モデルとかしてて、実はなんかちょっとうらやましかったりもして」風鈴のようにさわやかな声ですらすらとしゃべる。

人には直感というものが備わっていることを俺は実感した。緊張が少しずつ解《ほど》けていく。

「お名前は？」

「え、あ、渡辺新《わたなべ》です」堂々とした彼女のたたずまいに、つい、敬語になってしまう。

「あらた？　いい名前だね。私は、佐倉《さくら》」

「さくら!?」俺は思わず大きな声を出す。

「佐倉って名字、そんなに珍しい？」

「あ、名字ね。なんでもないなんでもない」

「私は佐倉結実子。きれいに描いてよね」

☆

「ここ、民家でしょ？」

「元、民家」

　首を精一杯伸ばして冷やし抹茶を待つ結実子さんは、見た目と違ってやっぱり活発な性格をしているようだ。意外と日に焼けているところから考えると、アウトドア派なのかもしれない。

「面白いね、外からだとどう見たって普通の民家なのに」

「民家が甘味喫茶になったんだってさ。最近オープンしたばっかだし、意外と知られてない」

　すごーい、においが実家のばあちゃんちみたい、と言いながら、結実子さんは手書きのメニューをぺらぺらといじり始める。「デートにいいんじゃん」とナツ先輩が教えてくれた看板も出ていない甘味喫茶は、まさに下北沢を好むアート系大学生が気に入りそうな隠れ家的喫茶店だ。おしることわらびもちが絶品らしく、ほのかに漂うお香のかおりがとても落ち着く。

ゆったりとしたソバージュがうねる髪を、結実子さんは左肩からだけ下ろしている。たまに、細く小さな指で毛先をくるくるといじる。

俺は、自分が美大生だということ、コンクールが近いこと、人物画を描きたいこと、とにかく自分は怪しくないということを必死で説明したあと、「立ち話もなんなので」と結実子さんを喫茶店に誘った。

「六本木の黒人にもそうやってついていくの？」すいすいとついてくるのでついそう聞くと、

「ここは六本木でもないしあなたは黒人でもないでしょ」と結実子さんは答えた。質問と答えがズレているようなそうでもないような気がして、俺はなんだか落ち着かなかった。

一日どれくらいお客さんいらっしゃるんですか、と結実子さんがお店のおばあさんに聞く。一日二十人くらいのお客さんがちょうどいいんです、と答えながら、昔はきっとものすごく美人だっただろうおばあさんが冷やし抹茶を運んできてくれる。こういうお店は、利益が出ているのかどうかこちらが勝手に不安になる。

「一瞬、普通にナンパかと思っちゃった。私もまだまだやるじゃん、なんて」

「俺ナンパとかしそうに見える？」

「超見えるけど」

「えっ」

「少なくとも美大生には見えないかな、その外見」

そっかなあ、と頭をガシガシかくと、スプレーで固まっていた後頭部の髪の毛が少しほぐれた。

大きくはないが形の良い二重瞼。子供っぽくふくらんだ丘のような頬。広いおでこと、あんまり手入れのされていない自然なまゆ毛。

「飲まないの？」

黒髪から覗く小さなピアスがぴかりと光って、俺は我に返る。結実子さんが冷やし抹茶をこくりこくりと飲みながら、物珍しそうな表情で俺の目を見つめていた。

「これすっごくおいしい。京都みたい」

「抹茶イコール京都」

「ごめんね安易で」

わらびもちも頼んじゃおうよ、と結実子さんは人差し指でとんとんとメニューをつつく。こういう雰囲気勝負の喫茶店は高いんだよな、と冷静に思いながらも、俺は、やっぱり結実子さんを描きたいと思った。今まで俺は、あんなふうに誰かに声をかけたことがない。だけど、さっきは頭より先に体が動いていた。

自分が向き合いたいと思ったものを描くことが一番いいよ。

ナツ先輩の魔法は、時間差で効いてくるみたいだ。

「新くんってさ」

「はい」

急に話しかけられたので、俺はかしこまってしまう。

「いつもあんなふうに絵のモデル探してんの？　美大生っていつもそんなことしてるの？」

わらびもち二皿お願いします、と結実子さんはためらわずに注文する。五八〇円×二、追加。けっこう辛い。

「俺はいつもああしてるわけじゃないけど。今回は結実子さん――」だから特別にあんなふうに話しかけちゃったのかもな、と言おうとして、そのセリフはさすがに気持ち悪いとくちびるが先に気づく。

「逆に聞くけど、いっつもこうやって話しかけられたらついていくの？　俺が言うのもアレだけど、危なくね？」

　結実子さんは一瞬だけ抹茶に視線を落として、

「だって新くんの目、困ってたから」

と、また、俺の目を見つめて言った。このひとは、ちゃんと相手の目を見て話す。

「私、困ってるひとには協力するんだよ」

　言い終わるが早いか、結実子さんは運ばれてきたわらびもちにぱくついた。すげーおいしー！　と意外と太い声を出したので、俺は思わず噴き出してしまい、皿からぶわりときな粉が舞った。

「今回は、何でかわかんないけど、声かけちゃったんだよな。こういうことって、俺、あんまりしたことないんだけど」

「そうなの？　確かに街で声かける美大生とかドラマの中にしかいないと思ってた」

「うん」俺は散らばってしまったきな粉をナプキンでかき集める。

「でもナンパはすんでしょ？」

「何でそうなるんだよ」

なんとなく緊張感が解けた俺は、次のコンクールは結実子さんの肖像画で勝負したいということ、そのためには何回か俺の家か大学に来てもらいたいということを説明し、とりあえずメールアドレスと電話番号を交換した。結実子さんの家から俺の家までは少し遠いようだったけれど、結実子さんは「私、知らないところに行くの好きなんだよね」と気持ちよくうなずいてくれた。

「震えてるよ」

俺は結実子さんの携帯を指さす。バイブレーションに合わせてテーブルが震えて、さっき集め逃したきな粉がぴょんぴょんと飛び跳ねた。

「待ち合わせしてた子だよ」結実子さんは俺に向かって笑うと、「こら」と電話に出た。きっと必死に謝っているのであろう電話の相手を「もう家に帰っちゃったよ……なんてうっそ、まだ下北いるよ」なんて猫のようにからかっている。

わかった、駅でね、なんかおごってね、当たり前でしょ、と結実子さんは電話を切った。

「ごめんちこくするっていうメール、私の前に登録してる人に送り間違えちゃってたんだって。でもやっと着いたみたい。私行かなきゃ」

二人の都合が合う日を照らし合わせて、手帳に並ぶ日付のうちいくつかにマルをつける。それじゃあ、と結実子さんが店を出ていったあとも、俺はひとりで、余ったきな粉を楊枝《ようじ》でくるくるとしていた。

笑うと三日月のように形を変える、とてもきれいな目を思い出す。

自分が向き合いたいと思ったものを描くことが一番いいよ。

まだ冷やし抹茶の風味が残っているくちびるで、小さくそうつぶやいてみた。

☆

父さんは昔、カレーに秘密の隠し味を入れていることを教えてくれた。だから金色に見えるのかなあ、なんて、俺は子どもながらに考えた。

父さんが死んだのは、今から一年ほど前のことだ。

浪人をしていた俺は美大受験専門コースのある都内の予備校に通っていた。高三のときは一応美大以外の私立も受けたりしていたけれど、デッサンばかりしていた俺はもちろん学力が足りず（というか美大に行くための実力もきっと足りていなかった）、世の中をナメるのはやめようと思っていたころだった。

その日は同じクラスの友達が彼女にふられた日だった。傘忘れた、教材重くね？

浪人生に女なんていらねえ、靴が濡れてて気持ちわりい、新しいジーンズはいてくるんじゃなかった、ていうか今年受かるかな。予備校からの帰り道、とても平和でしあわせなことをぶつぶつと呟きながら歩いている間に、父さんは信号無視で突っ込んできたバイクに撥《は》ね飛ばされていた。

携帯から「さらばピアノよ」が流れて、父さんの事故死を知らされた。俺はその日を最後に、着信メロディを変えた。

電話を受けたその場で混乱してしまった俺を見て、友達は病院までついてきてくれた。心の中みたいに真っ白な病院で、母さんは泣いていて、俺は立ち尽くしてしまって、友達は俺の背中をずっとずっと撫でてくれていた。

撫でられている分だけある背中は、父さんの背中よりもずっとずっと小さくて、俺はもう何も背負えない気持ちでいた。トイレに入って、真っ白な便座の上に座ったとき、そのあたたかさにはじめて涙が出た。涙を拭いたトイレットペーパーはすぐに溶けて、小さくまとまって頬にしつこくくっついた。

こうやってひとは死ぬんだと思った。残された者の両手にありあまるほどの「そのひと」を残したまま、そのひとはもう二度とひっくり返されることのない砂時計になる。やがて記憶はどんどんこぼれていく。両手に何もなくなっても、もう、そのままだ。

頭の中で流れ続けていた「さらばピアノよ」は、棺《ひつぎ》の中の父さんを触ったときにやっと鳴りやんだ。もう生きていないのですよ、と耳元でそっとささやかれるような肌の冷たさは、父さんのピアノの蓋《ふた》を閉じるには十分すぎるほどの説得力を持っていた。ピアノは白と黒だけれど、父さんが座ると色彩を持つ。ひとつひとつの音符がそれぞれの色に染まって、その姿を描くにはどんなにパレットがあったって色が足りない。

俺はその姿を忘れないように画を描いて、母さんはその姿を忘れたいから画を外した。

母さんが鷹野さんをはじめて家に連れてきたのは、俺が念願の美大に合格した直後のことだった。

「てことは、それ最近？」

結実子さんは、もう俺に許可をとらずに伸びをしたりお菓子を食べたりするようになっている。

「ちょっと、動かないでってば……最近だよ、俺いま一年だから」

俺はキャンバスと結実子さんを交互に見ながら、やわらかい黒鉛をキャンバスの上に走らせる。

「お父さんが亡くなってから、一年も経たないうちにタカノさん、か……」

結実子さんは、座っている椅子をゆりかごのようにゆらしながら、クリーム色の天井を見上げる。レトロなデザインのライトを指さすと「この電気つけてるとモテるの？」とつまらなそうに言った。男の部屋にいるというのに、警戒心というものがまるでない。

結実子さんが俺の家に来るのは、もう四回目だ。バイトも授業もない曜日が合致していたからか、結実子さんは、たいてい指定した日に家まで来てくれる。「面倒だと思うけど、あの日着てた服装でお願い」こう言ったときだけ、毎回「ぐはあ」と変な息を漏らすけど。

部屋の中でたったふたり何時間も過ごすので、俺はいつの間にかたらたらと父さんの話をしていた。画を描きながらだと、目を合わせて話す必要がない。だからだろうか、話すつもりもなかったことまで話してしまう。

「タカノさん、どんな人だったの？　やっぱりビューティークリニックって感じ？」

「今すごく適当に話してるね君は」

結実子さんと話していると、どれだけ重い話をしていても、それがなんだって気持ちになってしまう。それは、結実子さんが俺の話を馬鹿にもしないし、親身になっているというアピールもしてこないからだ。

「鷹野さんは、全然普通だった。落ち着いた大人って感じで、母さんの上司。変なトコは、ちょっと眉毛が濃すぎるかなってくらい」

ふーんそうなんだ、と、極細プリッツをこりこりしながら結実子さんは相槌を打つ。新くんと同い年くらいの男の子だったら面白かったのに、なんてけっこう笑えないこともたまに言う。

「いいひとそうだったんだけどさ」

あの日のことを思い出すと、くい、と意識がそちらに引っ張られて、動きが止まってしまう。

鷹野さんがはじめて家に来たとき、母さんは申し訳なさそうな顔をして俺のことを見ていた。鷹野さんのことを紹介するより早く、俺に謝ってきた。俺は何も言えないまま、鷹野さんの肩越しに見える黒く光るピアノを見つめていた。

「その日、鷹野さんが飯作ってくれてさ」

「それ、カレーだったんでしょ」

結実子さんは、小さなくちびるに最後のプリッツをくわえたまま、ほんのちょっとだけ悲しそうに続けた。

「誰が悪いとかじゃないけど、なんだか良くないことが良くないように重なってるね」

鷹野さんの作ったカレーを一口食べて、その強すぎる辛さでスイッチが入ったかのように俺は大声で喚いてしまった。意味の通らないことを、意味は通っていなくても母さんと鷹野さんを批判しているとだけはわかることを、ふたつの肺いっぱいの息を使いきるまで喚いた。

そんな、連続して破裂する風船のような俺を、母さんは見ないようにしていた。

「そんなにカレー辛かったの？」

「いやいやそういうことじゃなくて」

「わかってるよ。冗談でしょ」

それから母さんは、父さんが作るあの味を再現できれば俺の中の何かが変わるとでも思っているのか、俺を試すようにカレーライスを頻繁に作るようになった。

だけど、父さんがカレーにかけた魔法を知っているのは、俺だけだ。

「私、一回バナナ入れてみたことある」

「バッバナナ？　なんで？」

「酢豚にパイナップル、カレーにバナナみたいな。たぶん頭イッてたんだと思う」

それからもう一度、鷹野さんが家を訪ねてきたことがある。そのとき俺は、自分の部屋から出なかった。怒っていたというよりも、恥ずかしかった。

鷹野さんとはそれ以来会っていない。

「一回さ、ぐしゃぐしゃにつぶれるくらいまで鷹野さんと飲めば？」

ふと見ると、結実子さんはまっすぐに俺を見つめていた。

「新くんももう二十歳なんだし、父と息子っていうよりも、男と男なんだからさ」

結実子さんはどんな話をしていても顔のどこかには微笑みを残しているようで、俺はその表情を描きたいと思う。悲しみや希望や無念や様々な感情はあるけれど、微笑みがどの感情よりもほんのちょっとだけ多いような、そんな人物画を描きたい。

「私、明日から河口湖行くんだ、友達と」

今度は、俺が適当に相槌を打つ番になる。結実子さんは大学の友達ととても仲が良いようだ。

俺がいま一番向き合いたいもの。

向き合わなくてはいけないもの。

「あの」

結実子さんではない声がした。

「あっおじゃましてます！」

結実子さんがあわてて立ち上がる。部屋の入口には、ティーカップをふたつ載せたトレイを持った母さんが立っていた。まっすぐに立ちのぼる湯気が、母さんの姿を霞《かす》ませている。

「いつもおじゃましてすみません、挨拶もしないで」「いえいえ、息子に協力してくれてるんですよね、ありがとうございます。お疲れでしょう、これ飲んでください」

「あ、すみません、ありがとうございます」結実子さんと母さんの会話を片耳で聞きながら、俺は鉛筆を走らせる。

「はい、レモンティー」

母さんが部屋を去り、結実子さんが俺のところにティーカップを持ってきてくれる。

「なんだか、初めて会った日の冷やし抹茶を思い出すね」結実子さんはおそるおそる熱いレモンティーをすする。俺は初めて結実子さんを見つけた時の気持ちが蘇るようで、鼓動が高まるのを感じた。

俺が描きたいもの。それは、いま一番向き合いたいもの。

「……ごめん、私、今日はそろそろ帰るね」

突然立ち上がった結実子さんは、レモンティー飲んですぐ帰るとかちょっと卑しい

よね、と笑っている。そして、小さなハンドバッグを右手に持ち、う〜んとゴムのようにたっぷり体を伸ばすと、

「画家ってさ」

俺の目を見つめた。不意だったので、俺は、目を逸らすことができない。

「一番そのときに向き合いたいと思ったものを描く、っていうじゃない？」

ナツ先輩と同じこと言っている、と俺は思った。

「新くんが、なんで私を選んだのか分かった」

俺は、心臓を直接叩かれたような気持ちになった。言葉が何も出てこない。

「私、もう来なくてもいいね」

描く対象は、本当に向き合いたいもの。

口に含んだレモンティーは、レモンの涙が集まったような味がした。

☆

次の日、ナツ先輩と話したくなった俺は、キャンバスを抱えて外へ出かけた。午前十一時、半袖で歩く人が少しずつ増えてきた。

ナツ先輩には昨日の夜のうちに連絡をしておいた。結実子さんを描くために大学を休みがちになっていた俺を、ナツ先輩は体の調子でも崩したのかと心配してくれていたらしい。前教えてくれた下北沢の甘味喫茶で会いましょう、と送ると、壁にぶつけたボールのように、すぐに【りょうかーい】という返事がきた。

店には、ナツ先輩が先に着いていた。俺のことを覚えてくれていた店のおばあさんが「前は女の子といっしょでしたね」とからかってくる。

「お前、ここデートで使ったのか？」

「まあ、うん、そんなとこです」俺はちょっと見栄《みえ》を張る。

「俺が教えた店を、俺が使う前に？」

さーせん！　と、俺は軽く頭を下げる。荷物を置いて畳の上に座ると、ナツ先輩の頬に小さく丸まったティッシュのくずがついていることに気がついた。

「先輩、ティッシュついてますよ、顔」

「えっ、ほんとに？」先輩は顔を触る。「あらら、ほんとだ。画材が俺のモチ肌にいちゃったたから拭いてたんだよ」

「こんな朝からアトリエにいたんすか？」モチ肌のくだりは無視する。

「おう。ちょっと行き詰まってて」

キャンパスから少し離れたところには、学生ならいつでも自由に使うことのできるアトリエがある。俺もこのあとそこに行くつもりなので、キャンバスも画材道具も持ってきていた。

「午後は行かないんすか？」

「今日はもう帰るかな」

ナツ先輩は、頬についたティッシュをコリコリと爪で取りながら緑茶を注文しようとしたので、俺はすかさず「冷やし抹茶ふたつで」と手を挙げた。

「俺、いま緑茶って言おうとしてたよね？」

「この店のメニューに関しては俺の方が先輩っすから」

ナマイキな、とナツ先輩は笑うと、突然、落ち着いた声でこう言った。

「新はさ、どれくらい画のこと考えてる？」

おばあさんが冷やし抹茶を持ってきてくれる。ナツ先輩は、目の前に置かれた器に視線も送らない。

「どれくらいって……」

言いよどむ俺に、ナツ先輩は続ける。

「一日に、どれくらいかかってことだよ」

俺は冷やし抹茶を口に含んだ。上くちびると下くちびるがねっとりとした唾でくっついてしまっている。

チューリップハットをかぶっている姿はやっぱり魔法使いっぽいのに、今日のナツ先輩にはごまかしやまやかしが通じない雰囲気があった。

「俺はさ、あの画を描いたとき、ずっと画のことを考えてたんだよ。伝わるといいなって思いながら。それで、ああやって賞に選ばれて、ホッとしたんだ。少しでも伝わったのかも、これなら人に見せられるかも、って」

俺はナツ先輩が何を言おうとしているのか、わかるようで全くわからなかった。だけど、今まで見たことのないナツ先輩の側面が、目の前に横たわろうとしているということだけはわかった。

「だけど本当は伝わってなかったのかもしれない。なんにも、誰にも」

ナツ先輩は、冷やし抹茶を二口ほど飲むと氷をがりがりと嚙み砕いた。なんとなく、俺もそれを真似《まね》た。氷は一瞬、歯を突き刺すように冷たいけれど、やがて心地よい温度に変わっていく。

ナツ先輩のまとう体温が、やさしい赤色になって目に見えた気がした。この人は魔法使いなんかではない、と当然のことを改めて俺は思う。

「俺には伝わってますよ、先輩」

氷が砕ける音に負けないように、俺は言った。ニスが塗られてぴかぴかとひかるテーブルの上に、ナツ先輩の頬から落ちたティッシュのくずが転がっている。

ナツ先輩は三年生だ。俺は、ナツ先輩がこの先就職するのか、絵を描き続けていくのか、何も知らない。

伝わらなかったのかもしれない、なんて、このひとには言って欲しくない。俺はそう思った。


もう家に帰るというナツ先輩を見送った俺は、キャンバスを抱えてアトリエへ向かった。ナツ先輩は、キャンバス見せろよ見せろよとまとわりついてきたけれど、俺は頑《かたく》なにそれを拒否した。

アトリエまでの道を歩きながら、俺は、ナツ先輩の言葉の意味を考えた。あの人があんなことを言ったのは、今日が初めてだった。

俺が向き合いたいもの。俺は、下北沢で結実子さんに声をかけた。昨日結実子さんは、なんで私に声をかけたのか分かった、と言った。

魔法はとけてゆく。

「新くん」

後ろから聞こえた声に、耳をくいと引っ張られる。俺はもう、この声で名前を呼ばれることはないと思っていたから、うまく反応できない。

「ひさしぶりだね」

肩の上でふんわりとふくらんだ明るい茶色のボブが、幼い顔立ちにやっぱりよく似合っている。「元気だった?」と上目遣いをする桜は、気まずさを全く感じさせない。

「……まあ、普通」

「そっか。最近ナツ先輩といるとこ、よく見るけど、なかよしなんだね」

ほら、前も自販機の前で会ったよね、と、桜は笑いかけてくる。突然の態度の変化の真意がわからず、俺はどうしていいのかわからない。

「ああ、まあ、なんか映画の撮影いっしょに手伝ってたりな」

「へえ、そうなんだ。ところでさ、一号館にナツ先輩のすごい絵が飾ってあるの知ってる?」

「桜も見たのか」

俺がそう言うと「当たり前じゃん、すごいよねーあんな目立つところに」と桜は胸のあたりで指を組んだ。俺はキャンバスを抱える脇にぐっと力を込める。

「でさ、あの絵、誰かに破られちゃったじゃん？」

桜の目の奥で、汚い好奇心がじゅわじゅわと蠢《うごめ》いているのがわかった。

「新くんは、ナツ先輩から犯人の心当たりとかさ……聞いてないの？」

俺は心の底から思う。ほんの少しの間でも、なんでこんな女と付き合っていたんだろう。

「お前、最低だな」

俺は桜の反応も待たずにアトリエに向かって歩き出す。きっとまた、汚いものでも見るかのように眉間にしわを寄せて俺のことを睨んでいるのだろう。

ナツ先輩の画が破られた。俺はひとりで歩き続ける。


ナツ先輩の才能は残酷だ、という人はたくさんいる。パッと描いたものが奇抜だったので偶然たくさんの人の目に留まっただけだ、とねたむ人を、入学してたった二カ月も経たない間に俺はたくさん見てきた。ナツ先輩の才能は、必死にか細く回りつづけている誰かの背中のねじを、ペロリとおいしそうに食べてしまう。

アトリエが近づいてくる。あの小さな建物の中には、今日も必死に回り続けているねじが、たくさんある。

だけどナツ先輩の背中で回るねじは、もっともっと、切実なものだったのかもしれない。

俺は知っている。

ナツ先輩の頬には、ティッシュのくずがついていた。

俺は知っている。トイレットペーパーで涙をふくと、ぼろぼろと崩れて頬にくっついてしまうこと。父さんが死んだ日、病院のトイレで泣きながら、俺は頬にたくさんのトイレットペーパーをくっつけていた。トイレットペーパーは涙にとける。ナツ先輩はきっと額の中で引き裂かれた妹を見て、トイレでひとりで泣いたんだ。

なんで、俺はあの人のことを天才だと思ったんだろう。強いと思ったんだろう。魔法使いみたいだなんて思ったんだろう。

魔法使いに見える魔法使いなんて、本当はこの世にいない。

☆

休日だというのに、アトリエはたくさんの学生であふれている。ここで見るキャンバスは、なぜだかいつもよりも真っ白に見える。これからなんでも描けそうな、まるで奥行さえあるような、これからどこにでも行けるという期待と不安に満ちた白は、ものを創る人間の心をぐわぐわと煽《あお》ってくれる。

ナツ先輩の画が破られたことはみんな知っているようで、アトリエは時々その話で騒がしくなった。「ナツ先輩かわいそう」とひそひそ話す女子もいれば、「馬鹿だよなーやったヤツ。ねたみ？」と軽く笑っている男子もいて、俺はその普通の反応に少し安心した。全員が創作をしているような場所にいると、こうして素直に出てきた言葉にほっとする。

アトリエにいる誰もが、自分のパレットに様々な色の絵の具を出している。そんな、このアトリエ自体がパレットみたいだ。誰もが、自分の中にあるなけなしの表現すべきものをどうにかひねり出している。

顔見知り何人かが適当に話しかけてきたけれど、俺はどこか上の空だった。

ナツ先輩が本当に向き合いたかったもの、描きたかったもの。描いたことによって本当に妹さんと向き合えたのかどうかはわからないけれど、心ない嫌がらせにナツ先輩は傷ついたかもしれないけれど、ナツ先輩は逃げずに本気で向き合った。

俺が描きたいと思ったこと。向き合いたいと思ったこと。駅で偶然見かけた結実子さんに勢いに任せて声をかけ、家に何度も来てもらい、デッサンをした。しっかりと向き合って、キャンバスに結実子さんの笑顔を写しだした。四回目の訪問で、結実子さんは俺の母さんと初めて会った。そして、なんで私を選んだのか分かった、と言った。

外はもう暗い。いつのまにか夜になっている。

俺だって分かっていた。初めて鉛筆で結実子さんの顔のラインをなぞったときから、いや、きっと初めて下北沢で結実子さんを見たときから、本当は分かっていた。とけてしまった魔法を吸いこんで更けていく夜の中で、俺は、結実子さんの笑顔を写しだしたキャンバスをもう一度見つめる。

そこには母さんの笑顔があった。

結実子さんは、俺の母さんにとても似ている。

母さんと向き合って、その笑顔を描きだす勇気は俺にはなかった。ナツ先輩と俺の徹底的な違いは、そこにある。

俺が本当に向き合いたかったもの、向き合わなければならなかったのは、母さんだった。それはきっと、足し算よりも簡単で、ほうきで空を飛ぶより難しいことだった。

俺が描きたかった母さんの笑顔は、レモンティーの湯気に負けてしまうような力のないそれじゃない。金色のカレーを食べて、いっしょにおいしいおいしいと言っていたときのあの笑顔と、俺はもう一度向き合いたかった。

ジーパンのポケットの中で、携帯が小刻みに震えだした。画面に出ている名前を確認して、俺は電話に出る。

「結実子さん？」

【うん】

室内に入ったのだろうか、結実子さんの声が突然聞き取りやすくなる。

「昨日はありがとう」

【新くん】

「ん？」

【私いま、河口湖に来てるんだけどさ】

そういえば昨日、明日から河口湖に行くんだとうれしそうに言っていた気がする。

【はしゃぎすぎちゃってね、あのエスニック調のロングスカート、破いちゃった】

「……どうやってはしゃいだらスカートが破れるわけ？」

【自分でスカート踏んじゃってさ、びりって】

楽しそうにそう話す結実子さんに、俺は呆《あき》れる。

【だからさ、もうあれ着られないんだけど……私、もう行かなくても大丈夫だよね】

結実子さんの声は少し遠慮がちで、

「おう、もう、大丈夫。ありがとう」

声は母さんには似ていないな、と思った。

「あれ、たまねぎのペーストなんだ」

【え？】結実子さんの声が大きくなる。

「父さんの、カレーライスの隠し味。たまねぎのペーストなんだ」

父さんだって魔法なんて使えなかった。俺にこっそりと見せてくれたたまねぎのペーストに、まだ幼かった俺はがっかりしたのだ。なあんだ、かくしあじってこういうこと？　まぼろしのけものの爪とかじゃないんだ。

鷹野さんが作った辛口のカレーライスを思い出す。たまねぎのペーストを入れると、味にコクが出て、鼻にふわりと抜けるような深みが出て、きっと、やさしい味になる。

父さんは魔法を使えなかったけれど、いまあの味のカレーを食べたら、あの食卓には魔法がかかる気がした。急に金色になったカレーを見て、母さんは泣いてしまうかもしれない。楽しそうに笑うかもしれない。その表情を描きたいと俺は思った。

「今度鷹野さんにも教えようと思う」

俺がそう言うと、電話口から「結実子！　オカジュンが探してたよ！」という声がこぼれてきた。

「……下北沢の遅刻魔、オカジュンっていうの？」

俺が笑いながら聞くと、

【遅刻魔じゃないよ。……多分今日から私の彼氏】

と早口で答えて、結実子さんは電話を切ってしまった。

キャンバスに広がる母さんの笑顔を見ながら、俺は、駅の近くのスーパーにはたまねぎのペーストが売っているだろうかと考える。そして、久しぶりに金色の絵の具を買おうと思った。新しい我が家の食卓を描くには、金色の絵の具が必要だ。

もういちど生まれる

海を分母に、空を分子にしたら、1を超えるのだろうか。泣きたいのを我慢しているような空を電車の窓から見上げると、イヤフォンが少し動いて、耳の中から音楽がこぼれ落ちそうになった。

親指に力を入れると、焼きあがったトーストみたいにMDが飛び出してくる。私は新しいMDを挿入すると、プレーヤーの再生ボタンをかっちりと押した。

だけど、すぐに停止ボタンを押す。今日も同じ電車みたいだ。

「MDってもう、生産停止してかなり経たない？」

男にしては低い位置から声が聞こえたけれど、いま、私のMD至上主義にちゃんと意見してくれるのはこの男だけになってしまったので、私はありがたい気持ちになる。

「何よ、その言い方」

「だって、こっさん以外にMD使ってる人なんて見たことないから……」

風人はそう言って自分の iPod を取り出し、「ほら、こんなにコンパクトで便利」とか言いながら本体をくるくると動かし始めた。角度を変えると、CDジャケットがゆっくりと画面を流れていく。これを持っている風人がすごいわけじゃないから、私には何のダメージもない。

いまでも私と普通に話してくれる大切な幼馴染《なじみ》は、電車の揺れにいちいちバランスを崩している。私は「普通に話せる」という感覚はとても難しいと思う。笑わせようとか、盛り上げようとか、沈黙が気まずいとか、そういうことを一切気にしなくていいような、心拍数の変動が全くないような「普通」の会話ができる相手って、きっと、すごく貴重だ。

そう感じるのは、そんな相手が分かりやすく減っているからだ。

「二浪ともなると、みんな気ぃ遣うんだよね」

前に、おじいちゃんがごはんつぶを食べそこねるみたいに、ぼそりとそうこぼしてみたことがあった。これといった反応がないので隣を見てみると、風人は友達から借りたというジョージ朝倉の漫画を真剣に読んでいた。大学二年生になったいまでもカバーをせずに電車内で堂々と少女漫画を読んじゃうあたり、風人は風人のままなんだと思う。昔から、男らしさと女らしさ、そのどちらも風人は感じさせない。無視かよ、とそのときは思ったけれど、同時にありがたさも感じた。あのつぶやきには、返事をしないという反応が正解だった。

もう通い出して二年目になる予備校へ向かう途中、風人と同じ電車に乗り合わす確率は高いわけではない。ただ、目的地の駅についたとき、改札へ続く階段が目の前にくる車両を選ぶ私達は、同じ時間の電車に乗ろうとすれば自然とホームで顔を合わせることになる。

西武新宿線が通る東伏見や上石神井の景色は、東京ぽくなくてとても安心する。駅前の商店街で買いものをしたであろう人々が、袋をぶら下げて踏切のバーが上がるのを待っている中を、黄色い車両はのろのろと通り過ぎる。

私は電車が苦手だ。電車に乗ると、トイレに行きたくなる。わざと各停に乗り、いつでもトイレに行けるよう備えることもある。高田馬場駅が近づいてくると、たとえ座っていたとしても、トイレに行きたかったわけじゃなくても、体がむずむずとし始める。

私はこの街が苦手だ。

パンパンに肉の詰まった四肢をプロペラのように動き回している大学生たちで成り

立っているこの街に降り立つと、風人や、地元の友達と過ごしたこれまでの日々が、何の正義でもないような気がしてしまう。

「風人」

「うん、なに」

「まだ不毛な恋、続けてんの？」

ふははは、と空気が抜けたように風人は笑う。「本人が頑張ってるのに、不毛ってちょっと失礼じゃない？」なんて言いながらも、私は知っている。風人の力のない笑みの中には、あきらめの気持ちがこれでもかってほど含まれている。

「それに、不毛な恋って、こっさんも同じでしょ」

「あんたの相手、ヒーチャンだっけ？　へんな名前」

「こっさんなんてホッタ先生だろ。いきなり不倫ぽいじゃん」

電車に乗り合わせて何回目かで、私は予備校の先生に片思いをしていることを風人に告白した。枯れかけた花にじょうろで水をやるようにとろとろと話した。別にそれで花が元気になるなんて思っていなかったけれど、ぽたぽた水をこぼしてみた。

私、予備校の先生が好きなんだよね。日本史の。だから二浪するかも。離れるのいやだし。去年の私は、残酷な童話のあらすじを話すように言った。あのときはもちろん冗談だった。まさか、またすべての大学に落ちるなんて思っていなかった。

本当に二浪が決まってしまったとき、風人は、

「もうちょっとぶさいくな先生だったらよかったね」

と弱々しく眉を下げたあと、自分はヒーチャンという同じクラスの友達のことが好きなんだと教えてくれた。なかなかすっきりと頷きかねている私に、

「ひーちゃん、女の子だよ」

と風人は一応付け足してきた。私は、あ、うん、とへたくそに頷いた。

そのあともパンを細かくちぎるようにぽつりぽつりとお互いのことを話し、なんでふたりとも好きになっちゃいけない人のことを好きになったんだろうね、と頭を悩ませた。どうやらヒーチャンには好きな人がいるらしく（それも風人の友達だそうだ）、私の好きな堀田《ほった》先生にはもうすぐ第一子が生まれるらしい。

私はきっと今日も、ホワイトボードに綴《つづ》られる文字よりも、先生の薬指を見つめてしまう。ベルトでしめた腰のように、そこだけきゅっと細くなっている先生の薬指は、ただでさえ足りない私の集中力をいとも簡単に崩壊させてしまう。

わかりやすく速度を落とす電車が、高田馬場駅への到着を知らせてくれる。重さに負けそうになっていたカバンのストラップをもう一度肩にかけ直すと、

「椿ちゃんによろしく」

と、風人が手を振ってきた。ドアが閉まる。

その華奢《きゃしゃ》な背中を見送りながら、私は風人をまじめだと思う。別れ際、風人はいつも「椿ちゃんによろしく」と言う。私のことも風人のことも、たったの一度だって振り向きもしないで置いていってしまった椿に、よろしくと言う。私は、何時間か先に生まれただけで、私が持っていないものを全て兼ね備えている姉のことが、電車よりも高田馬場よりも苦手だ。

☆

母がつぶやいた言葉。

埃《ほこり》をほうきで掃くみたいに、ぼそりと吐き捨てられた忘れられない言葉がある。

高一のころから読者モデルをしていた椿は、高校三年生の前期期間中に生徒会書記を務め、着慣れたシャツのボタンでも留めるように推薦をもらい、現役で第一志望のR大学に合格した。「別に文学とか興味ないけど、文学部と理工しか推薦枠なかったから」高い音程でそう話す椿を冬の学校で見かけたとき、私は実の姉のことを悲しいと感じた。このひとの目には、遅くまで教室に残って勉強をしている生徒の姿が映らないのかもしれない。

私は心の底から社会学を勉強したくて、「別に文学とか興味ないけど」なんてそんなことを言っている椿の存在が悔しくて、茨城にある国立大学を受験した。秋葉原駅から出ている特急にたっぷり四十五分間乗って、またそこからバスに乗りかえる。大学と同じ名前の市は、決してにぎやかではなかったけれど人間味があってとても美しく、私は一目でこの街に住みたいと思った。その大学はとても広い自然公園のような場所にひっそりとたたずんでおり、私は、平和を誰にでもわかりやすい形で表現したようなこの場所をとっても気に入っていた。一緒に受験した友達は周りに遊ぶところが何もないなんて言っていたけれど、新しい友達、寮生活、自分の好きな勉強、それだけで私の両手はいっぱいになるだろうと思った。一緒に友達と地図を広げて、私はここのマックでバイトするからあんたはここのサイゼね、なんて空想を広げていた。

B判定以下を取ったことがなかったすべりどめの私大に落ち、そのまま何かにからめ捕られるように第一志望にも落ちたとき、椿は髪の毛をピンクブラウンに染めてふわふわのパーマをあてていた。

「双子なのに、椿と梢《こずえ》を分母と分子にしても1にならないわね」

母は、椿の髪を触りながらそう言った。きれいな色だけど派手ね、とも言っていた。部活ばかりでアルバイトをしたことがなかった私は、初めて自分で稼いだお金で、初めて髪を染めて、初めてパーマをかける日をずっとずっと楽しみにしていた。椿は撮影のついでにやってもらっちゃった、と屈託なく笑っていた。

「堀田先生」

私は、ファイルを抱える右腕に浮き出た血管を視線でなぞりながら、前を歩く先生を呼びとめる。

「柏木《かしわぎ》か、どうした」

先生はいつも、ローリング・ストーンズのアイコンが目立つファイルを脇に抱えている。二カ月前、私の友人たちの合格祝いにと、先生にもその表情をしてもらってみんなで写メを撮った。先生は両てのひらを顔に当ててぺろんと舌を出してくれた。私は、左手の薬指が映り込まないようにさり気なく携帯を動かした。

去年は、私の周りにもたくさん仲間がいた。けれど、二浪の道を選ぶ仲間は、ひとりもいなかった。みんな、希望の大学に受からなくても、どうにかしてこの予備校から出て行った。

「ファイル、相変わらずこれなんですね」

「おう。相変わらずかっこいいだろ」

「ていうか、ずっと言ってますけど、早くCD持ってきて下さいよ」ずっと前から頼んでいるCDをなかなか貸してもらえていないから、私はこうして先生に話しかけることができる。

「ああ、そういえば約束してたな。ごめんごめん」

先生は確かまだ二十代後半になったばかりで、趣味はジョギングとフットサルだという。肌は季節に関係なく浅黒く、シャツを着た胸はパンと張っている。

まだパッと見は学生でも通るくらいなのに、もうすぐ、子どもが生まれるらしい。学生時代から六年も付き合っている奥さんとの、念願の子どもだ。

「子どもいつ生まれるんでしたっけ？」

「おー冬、冬。お前らの受験なんてどうでもよくなるかも」

「ちょっと！」

ニヤニヤしたかと思うと、先生は「あ、柏木、論述もっとがんばれよ」と急に真剣な顔になる。

毛穴の中にヒゲの種が埋まっている。このしっかりとした形のアゴを撫でることができる奥さんが、私は羨ましくて仕方がない。羨ましくて、大嫌いだと思う。

羨ましくて、大嫌い。そんなことばかり、思っている。

「論述、いくらやってもうまくいかなくって」

「お前、特にH大学なんて論述ガッツリだぞ」

「わかってますよ、落ちたのついこないだですし」

私はカッコ笑いといった感じで言ったのだが、先生はちょっと深刻に受け取ったようで、「そうだったな」と小さく笑った。先生は笑ってごまかすのがへたくそだ。

お前の学力じゃ一浪して同じ大学を目指すのはもったいない、一年間がんばり通してH大学を目指せ。そう言ってくれたのは堀田先生だった。H大学の社会学部ならば、日本で最高峰のレベルの勉強ができる。茨城の平和な街並みを気に入っていた私も、いざH大学に行ってみたら、またすぐにH大学のある街が好きになった。私は何て単純なんだろうと思った。もしかしたら、先生に言われればどこの大学でもいいのかもしれない。

二カ月前、十二点足らずにH大学に落ちたときも、先生はさっきみたいにへたくそなごまかし笑いをした。私大受験ラッシュ期から光り始めた左手の薬指に阻まれた集中力は、ぜんぶ集めると十二点分くらいになったのかもしれない。

「来年は大丈夫ですよ。もし来年も落ちたら受験が趣味みたいになっちゃいますから」

「H大学ともなると、二浪なんてザラだからな。俺も二浪してでもH大学とか入ってみたかったなー」

そしたらもっとモテたかな、と笑う先生は、予備校生のやる気を出すためか、浪人してでも行きたい大学に行けばよかったという話をよくする。だけど、妥協して行ったという大学で出会った彼女と結婚しているのだから、説得力はあまりない。

「柏木、もうすぐ誕生日だっけか」

ふいに先生が言った。

「生徒の誕生日なんて覚えてるんですか」

平静を装うけれど、つい、Tシャツのすそをぎゅっと握ってしまう。

「だって去年、歌とか聞こえてきてうるさかったからさ」

けっこう遠くのフロアまで聞こえてたぞ、あの音痴たちの声。今度はちゃんとごまかし笑いを成功させながら、先生は言った。今年、第一志望ではないすべりどめの私立に受かっていった予備校の友達は、私の十九歳の誕生日を教室で祝ってくれた。

「めでたいな、誕生日」

そうですね、と答えながら、私は廊下に伸びる自分の影を見つめた。

62とか65とか、そういう数字で表されている長方形の大学別偏差値表。椿の通う大学の学部より下のマスに落ちたくない。そんな思いにしがみついていたら、いつのまにかこんな場所でひとり、二十歳をむかえることになってしまった。

椿の通う大学と、私がこれから通う大学。それぞれ分母と分子に置いたら、1になるだろうか。1を超えられるだろうか。

「じゃあな、論述がんばれな」

先生はファイルを抱え直して歩き出す。あの背中を見続けてもう一年以上が経つけれど、その途中で先生は、私には決して見えないものを背負った。家庭だとか愛する人だとか、私にはまだなんと呼んだらいいのかもわからないもの。でもきっとそれが分子にある限り、他の何が分母になったって1なんて軽々と飛び越えてしまうもの。

バイトはどうするか、サークルは何にするか、楽しそうに話す友達を見送った場所で、私はもういちど夏をむかえようとしている。十九歳から二十歳になるという、まるで水平線をまたぐような一歩を含んだ、人生に一度きりの夏を。

ここには、私より三百六十五歩分後ろにいるぴかぴかのたましいがたくさん転がっていて、時々、それらにつまずいて転んでしまいそうになる。

☆

私と椿は双子だ。だけど、私のほうが少し目が小さくて、少し鼻が低くて、少しくちびるが薄くて、少し太っている。すべてのパーツにおいて、私だけ少し劣っている。高校一年生のころから読者モデルを始めた椿は、誌面上ではスーパー女子高生なんて呼ばれていた。椿の存在は他校の生徒にも知れ渡っており、彼氏が途切れることはなかった。友達の友達からその情報を聞いた私は、まるで芸能人のゴシップを聞いてしまったようで、なんだか不思議な気持ちがした。

私も椿も風人も、幼稚園から高校までずっと一緒だった。幼稚園に入る前から同じ公園で遊んでいたから、まるで三人きょうだいのように仲が良かった。私達は風人のことを「ふうくん」と呼び、風人は私のことを「こっさん」、椿のことを「つばき」と呼んでいた。

小学校低学年のときは、双子だというだけでみんなからちやほやされて、私達もそれで十分だった。体育が大嫌いな椿が保健室にこもりたがるのを、私がよく引っ張り出していた。「運動するのいやだもん」と言い張る椿を見かねて、何回か私が椿のフりをして体育に出たこともある。「今日は梢が休んでるんです」あのころはそうしても周りにはバレなかった。だけど風人だけはしっかりと毎回見抜いていて、ズルがバレたときは給食のプリンをあげなければならなかった。風人は友達が多いわけではなかったけれど、私がプリンを差し出すときには、家族中に愛されている猫のように誰よりも人懐っこい笑顔を見せた。

中学生になる前、風人が、ふうくんと呼ばれることが恥ずかしい、もうあんまり遊んだりもできない、と言ってきたことを、私は覚えている。男子は男子と、女子は女子と遊ばなくてはいけない、と、子どもながらに考えていたのかもしれない。風人がこっそりとそんなことを考えて、ひとりで悩んだり傷ついたりしていたのかと思うと、私は少しさみしくなった。

女の子は男の子よりも大人になるのが早い。心のなかみが急に大人びる。そして、自分と同じ心のなかみを持つ友達を見抜く能力を得る。

私は校庭を駆け回っているのが楽しかった。男子たちとドッジボールをしたり、元気な女子たちと一輪車で競争をしたり、連続逆上がりの記録に挑戦したあとのてのひらの鉄くささに顔をしかめたり、そういうことをするのが好きだった。

椿は教室で黒板に落書きをしたり、中学生や高校生が読むような雑誌や漫画を貸し借りしたり、「中学一年生、はじめての春メイク」なんてものを小学五年生のときに実践したり、そういうことをするのが好きだった。

そのあたりからきっと、私と椿は入れ替わることができなくなった。中学に入りクラスもみんな別々になり、風人にプリンをあげることもなくなった。

中学校で陸上部に入った私は、顧問から長距離のセンスを買われて一五〇〇メートルの選手になった。意外にも、運動部である弓道部に入った風人とは、行き帰りの電車がいっしょになることも多く、私たちふたりは変わらず仲が良かった。私は主に、陸上部の仲間と肌を真っ黒にして毎日を過ごしていた。日焼けがやがてシミになるなんてことも、ひざこぞうの擦り傷がダサいなんてことも、全く気にしていなかった。

椿は、体育のときの紫外線対策と先生にバレないアイラインの引き方をマスターするために毎日忙しそうだった。ギャル文字にもスカートのきれいな折り方にも興味がなかった私は、生理でもないのにプールの授業を休みたがる椿の気持ちがわからなかった。

だけど椿は、私よりももっと「わからない」という顔をして私のことを見ていた。

椿は、風人とばったり会ったとしても、特に会話をしていないようだった。椿の周りには、いつ処女を捨てるかなんてテーマで大声を出して盛り上がることのできる仲間たちがいた。みんな色とりどりのシューズのかかとを踏んでいたり、腰からタオルをぷらぷら振り回したり、技術で二重を手に入れたり、同じ中学校に通っているはずなのに、なんだかとても忙しそうに見えた。彼女たちは部活にも入っていないようで、私が陸上部の部室で部員たちと着替えていると、「カラオケのクーポン用意しといてー」という甲高い声がドアの外からよく聞こえてきた。

　風人の周りにはいつも、自分の体よりも二回りほど大きい学生服をそのまま被っているような小柄な男子が数人いた。私がすれ違いざまにばしんと背中を叩いても、風人は昔みたいに飛び上がったりしなくなった。椿が仲良くしている男子は、どこから手に入れてきたかわからないような形をした学生服からカラフルなシャツをぺろんと出し、長い前髪を似合わないピンで留めたりしていた。本来入ることのできない屋上でタバコを吸ったりしているようで、椿のグループもよく屋上に出入りしていた。

　椿は、風人と友達だった過去を、簡単に捨てた。

　あなたと私は違うところにいる、と、何が語っているわけでもなかったけれど、椿のすべてがそう語っていた。

　だけど椿は、きっと気づいていない。本当は、そんな空気を察した風人が、先に自分から離れていったのだ。もうふうくんって呼ばないで、と言ってきた風人のやさしさを、椿はきっとこれからもずっと、知らないまま生きていく。

もう私たちは入れ替わらない。風人にプリンを差し出すことは二度とない。私の中学最後の夏は、ずっとずっと目標だった県大会の一五〇〇メートル決勝進出まで、あと〇・〇九秒及ばずに終わった。風人は、最後まで弓道部の団体戦のメンバーになれないままだった。椿は中学最後の夏、隣の市の高校生を相手に処女を捨てた。

☆

予備校が閉まるまで自習室にいると、あっという間に夜がやってきていてびっくりする。閉校の音楽が流れてきて、思いっきり体の筋肉を伸ばしてやっと、今日勉強したことがしっかりと脳に染み込んでいく気がする。

帰り際に堀田先生に挨拶をしようと思ったけれど、見つからなかった。こういうときは決まって、帰りの電車の中で風人を探してしまう。

ヒーチャン、のことを好きだという風人の片思いと、先生への私の片思いは、きっと1と1だ。だからいっしょにいると、安心する。何がどうなるわけでもないけれど、共犯者と落ち合えたような気持ちになる。

駅から家までの道のりを、月がていねいに照らしてくれている。こうして夜道を歩いていると、はじめて友達同士だけで出かけた花火大会のどきどきや、夕方の空模様や空気のにおいで明日の天気を予想していた部活の帰り道を思い出す。毎日、ひとつひとつ新たな発見をしていったあのころは、私も椿も、風人もみんな同じところで生きていた。偏差値で分けられる表の中で生きてはいなかった。同じものを見つけ、同じことを新しく知り、同じものを恐れ、同じ朝を迎えた。

同じ二十四時間を、いまでも生きている。

もうすぐ二十歳になる。二十歳になっても、その瞬間をたったひとり予備校で過ごしたとしても、私の目の前にはこれまでと同じように、二十四時間が横たわっている。予備校の自習室を出て、あっというまに夜になっていることに、私はほんとうは安心している。大学生になることに成功した人たちがシャキシャキと消費する昼間の空気に触れなくて済んだことに、毎日、ほっと安心する。

ほら空見て、あした晴れだよー、つばきっ。

えー！　じゃあマラソンがあるじゃん、やだやだやだやだ！

大丈夫、こっさんがふたりぶん走ってくれるってさ。

それはむりむりむりむりむり！

家に帰ると、父はまだ帰ってきておらず、母もお風呂に入っているため、リビングには誰もいなかった。

ただいま、という私の声だけが、誰の足音もしない床に転がる。テーブルの上には、今日もちょっとした夜食が用意されている。子どものころから使っている底の浅い白いお皿にぴんと張られているラップを見るたびに、私は、自分がまだまだ自立していない子どもであることを認識する。

三十秒、まるごとレンジであたためて、水滴だらけになったラップを三角コーナーに捨てる。私はこうして毎日、同じ面積のラップを消費し続けている。

「あれ、帰ってたんだ」

リビングのドアが開いて、聞き慣れた声がした。「今日のごはん何？」椿は何を勉強しているというわけでもないのに、毎日帰りが遅い。大学生ってそういうものなのかもしれない。私はいま、勉強をするということ以外に夜更かしをする方法を思いつけない。

振り返りながら、「今日はアジの開き」と答えた途端、私は言葉を失ってしまった。

「びっくりした?」

椿は、真っ黒に染めた長い髪を見せびらかすように手ぐしをした。昨日まで自慢にしていたふわふわパーマがもう思い出せないくらいに、インパクトがある。滝のようにまっすぐに流れる黒髪は、きっと私からは生まれないであろう艶《つや》を放っていた。

「梢、なかなかこっち見ないからうずうずしちゃった」

椿は、たいせつなものを愛《め》でるように、長い黒髪に指を通している。

「彼氏、いつのまに変わったの?」

私は、喉に引っかかるアジの小骨を飲みこみながら言った。

椿はいつもそうだ。好きになった男の言う通りに自分を変えていく。そして短いスパンでその男と別れ、新たな自分をどうにか手に入れる。まるでピンボールのように次々に障害物にぶつかりながらも、どかんと正面衝突をするわけではないから、それなりに流れていく。

一番それが痛い方法なのに。正面衝突する方がまだマシだ。

「梢、すごいね。なんでもわかる。さすが」

双子だね。先に続く言葉は、言わなくてもわかる。

「前の彼氏が出来た時も、すぐふわふわのパーマかけて茶髪にしてたじゃん。それまでは大人っぽい感じのボブだったのに」

「うん。だってお嬢様育ちっぽいのが好きだって言われたんだもん」

「お嬢様、ねえ」

「まあ、実は別れたのはけっこう前なんだけどね」

先生はどんな髪型が好きなんだろう。

一瞬、そんなことを考えた。想像もつかなくて、そんなことを少しでも考えたことがすごく恥ずかしくて、私はいろんな思いをぬるい麦茶で流し込んだ。

「新しい彼氏はどんな？」

口の中で水分を失ってぱさぱさと崩れたアジを、じっくりと咀嚼《そしやく》する。こういう質問は、いつだって私を苦しめるのに、こうして自分から聞いてしまう。

自分から聞けば、クッションを用意できる。そうすれば、いきなりぶつかるより、痛くない。

「彼氏っていうか、まだ彼氏候補」

いままでみたいにうまくいかないかも、と、椿にしては珍しく弱気な発言が続く。

「それより聞いて、私ね、映画のヒロインをやることになったの」

って言っても学生映画なんだけど、と、前の彼氏に買ってもらったという大きめのカバンをソファに置いて、椿は細かく計算しつくされた顔をほっこりとやわらげた。すべて、私より少しずつ質のいいパーツを持っていることに加えて、その形をさらに整えることのできるメイク術を知っている椿は、最近は読者モデルの他に表参道のサロンのモデルも始めたらしい。

どうして私は妹なんだろう。椿はきっと、母のおなかの中に転がっていたものを全て持って外へと出ていってしまった。

「映画のヒロイン？」

小骨がまた、喉に引っかかっている。

「そう。うちの大学って、自分たちで映画を撮ってる団体がたっくさんあるんだけど、なんか、監督さんから声かけられたの。ヒロインやってくれないかって」

麦茶を飲んでも、咳《せ》き込んでみても、骨が胃へ落ちていってくれない。

「華があるし、イメージにぴったりなんだってさ。そのままカフェで話したんだけど、その監督【レオン】が大好きらしくて。泣きましたって言ったらすごく盛り上がっちゃってさー……なんか不思議なひとなの、今まで出会ったことないタイプっていうか」

喉が痛くて声が出ない。

「いいなって思ったの、映画に協力することも、そのひとのことも」

椿の髪の毛は真っ黒なのに、陽のあたる場所に立っているから、それはきちんと輝く黒になる。暗くはない。

本当は、喉が痛いのは小骨のせいではない。声が出ないのは、喉ではない、もっと別の場所がちくちくと痛むからだ。

「撮影日がけっこう多くて」椿は私の麦茶を勝手にこくこくと飲むと、携帯と手帳をテーブルの上に開いて並べた。ちらりと横目で見ただけでも、三十一マスに区切られた椿の五月には、もうほとんど余白がない。

「正直、ちょっと演技すりゃいいと思ってたけど、朝早かったり場所遠かったり、けっこう大変そうなんだよね」

コンプレックスが邪魔をして、いつも何も言えなくなる。「どんな映画なの？」「いいなあヒロインなんて」「映画なんて、モデルよりすごいじゃん」「本当に演技なんてできるの？」思ったことをそのまま口に出すことができれば、きっともっと楽になれるのに。椿が1なら、私は一体なんなのだろう。やがてお風呂から出てくる母がまず話しかけるのはきっと椿だし、それは髪を黒に染めたっていう変化があるから当たり前かもしれないけれど、だけどきっとそれだけじゃない。

私と椿は明日、同じ時間に二十歳になる。

もうすぐ誕生日だっけか。そう言ってくれた先生の声を思い出す。去年みたいなうるさいバースデーソングの合唱はもうないけれど、たったひとり、本当におめでとうと言ってほしいひとから、その言葉をもらえるかもしれない。

もういちど、椿の手帳を盗み見る。明日の予定もしっかりと埋まっている。きっとたくさんの友だちに祝ってもらうのだろう。

うらやましいから、だいきらい。人間って単純で複雑だ。

☆

「今日は誰のMD聴いてるの？」

「英単語の暗記」

ほれほれ、と抜き取ったイヤフォンを近づけると、風人は身体をよじってそれを避けた。「ホントにやめて！　思い出したくないから！」風人にとって受験とはそれほど辛い記憶らしい。

「MDで単語暗記とかなんか受かる気しないね」

「そのMDを馬鹿にした口調もうやめたら？」

「馬鹿にはしてないよ」

風人はそう言いながら、iPod のくるくるするところをこれ見よがしにくるくるした。「……馬鹿にしてるじゃん」「してませんよ」何日かぶりに同じ電車に乗り合わせた風人は、ひざのしたでカットされたジーンズにピンクのポロシャツを着ていた。背中よりも大きなリュックサックが小さい肩を更に小さく見せている。

「ねえねえ、昨日ＹｏｕＴｕｂｅですごくいい曲見つけたから聴いてよ」

イヤフォンを私の右耳にねじこみながら、風人はまたくるくるするところをくるくるする。チャチャチャチャチャという音が耳にくすぐったい。しばらくすると、思ったより小さな音で右側からそろそろと音楽が流れ込んできた。

「……何コレ」

「スーファミのドンキーコングの、ボーナスステージのＢＧＭ」

朝の街を突き進む電車にボーナスコインをかけた陽気なメロディは不似合いで、私は聴きながら噴き出してしまった。「ボーナス出ました感すごいね」「夏のボーナスだよね多分」この曲をＹｏｕＴｕｂｅで見つけてテンションをあげてしまった風人の姿を想像すると、こいつは何も変わっていないなと思う。

「懐かしくない？」

だけど、ひげの剃《そ》りのこしが細いあごに残ってるし、喉ぼとけだって、こんなふうに盛り上がってはいなかった。

「スーパーファミコンさ、よくやったじゃん、子どものころ」

私はまだ、あのころを懐かしむことができない。風人や椿のように、あのころとは違う世界に進んでいないからだ。

「ヒーチャン、元気？」

イヤフォンを外して、たっぷりと時間をとってから、私は言った。

「元気だよ。だけどおれは元気じゃない」

「風人の好きな人は元気なのに、なんで風人は元気じゃないの？」

私は訊いたあとに、もしかしたらあんまり良くないことを訊いてしまったかもしれない、と直感した。

だって私だってそうだ。先生が元気なとき、それは私と関係のない世界の話で、だから私は元気がなくなる。

「ひーちゃん、好きな人とキスしたんだ」

男にしては小さなてのひらの上に載っているイヤフォンから音符がぽろぽろぽろとこぼ

れている。やけに陽気なそのメロディは、風人の声に含まれているさみしさを一層際立たせた。

「見ちゃったの？」

ううん、と風人は首を横に振る。

「おれそのときトイレに入ってたんだけど、出たとき、なんかわかっちゃったんだよね」

ガタン、と右に揺られ、ゴトン、と左に揺られ、風人の小さな声が私の足元まで転がってくる。

「そうなんだ」

風人は前髪についたほこりを落とすように小さくうなずいて、顔の右側だけで笑った。感情を司《つかさど》る部分は右脳にあるから、本当の感情は顔の左半分に出るんだって、いつか、誰かに教えてもらったことがある。

風人の片思いは、ぴかぴか光る初夏の電車内で、1よりも小さくなってしまった。

私は、今日の日付を思い出す。ほんの少しだけドキドキしながら眠った昨日の夜のことも思い出す。朝、鏡の前でいつもよりも念入りにメイクをし、ヘアをセットしていた椿の姿を思い出す。

風人だけは、毎年、私の誕生日を忘れないでいてくれた。中学や高校の友達もそれなりに覚えていてくれたけど、彼女らは、派手な仲間たちから盛大に祝われている椿の姿を見て、ついでに私の誕生日を思い出していただけだった。だけど風人だけは違った。風人はまず私の誕生日を祝ってくれた。

いま隣にいる風人は、何も言わない。

星のように流れていく景色の中で、私はひそかに二十歳になっていく。今は、高田馬場駅の騒がしさが恋しい。

☆

先日提出した英作文の添削が返ってくると、やっと昼休みになった。自由時間がやってくると、これまで磁石のように机にくっついていた生徒達も、思い思いの場所へ散っていく。私は、英作文の下にある赤ペンの「excellent !!」がうれしくて、いつもより少し高いミルクティーを買った。ウエストが窪《くぼ》んでいてのひらにしっくりとくるペットボトルを手に、階段をのぼっていく。

午後は、堀田先生の授業から始まる。文字が右上がりになる先生の板書を思い出して、私は嬉しい気持ちになる。今日は、風人も気づかなかったけれど、久しぶりにスカートをはいているのだ。自然と一段とばしになる階段には、今日もゴミひとつ落ちていない。

たん、たん、たんと、まるで映画のワンシーンのように足音を鳴らす。屋上に行くときはいつも、中学のときに陸上部のメンバーで立ち入り禁止の屋上に忍び込んだ日のことを思い出す。屋上に上がったら三六〇度町を見渡せるんだよ！　とはやる心をおさえて忍び込んだけれど、三六〇度町を見渡せるということは、三六〇度から見られてしまうということであり、一瞬で先生に見つかった私たちはそのあと職員室でこっぴどく怒られた。

あのころはきっとまだ、母から見れば私も椿も1だった。どちらかを分子、分母においたって、数字が崩れることはなかった。私は走りたいだけ走って、椿は笑いたいだけ笑っていて、それだけで良かった。

風人のような、学校内では「小さい」存在をかき消す椿グループの笑い声は、七色に爆発する。球技大会でクラスの強いメンバーを集めたチームや、修学旅行でバスの一番後ろを陣取る男子グループや、体育祭で髪の毛を編みこんでくる女子グループや、とにかく「椿のような」人が集まった集団の笑い声は、私たちのような人間の足元をいとも簡単にゆるがせる。

屋上から、楽しそうな笑い声が聞こえてきた。

私の両足は、運動神経をすっぽりと抜き取られてしまったかのように、動きを止めた。

私は思う。どうして二十歳になってまで、こんなことに心をすり減らさなくちゃいけないんだろう。

ミルクティーにはじっとりとてのひらの体温が移っていく。私は、一歩一歩ゆっくりと、階段を降りていく。

昨日は、少しだけドキドキしながら眠った。洗面所の鏡は、椿に取られた。英作文の点数が高かったことがうれしくて、いつもは買わないミルクティーを買った。先生の言葉が忘れられなくて、久しぶりにスカートをはいた。

二十歳の誕生日。

私は、ひとりで昼食を摂る場所も見つけられずにいる。

「柏木？」

うつむいていたので、その声が堀田先生のものだとはすぐには気がつかなかった。

「何してんだよ、そんなとこで」

両手に食いモン持って、と先生はまじめな顔をする。

「わ、柏木やっぱまだMDプレーヤー使ってんだな。去年もびっくりしたけどさ」

私の両耳から伸びるイヤフォンの先にあるものを見つけて、先生は少年のように笑った。「何聴いてんの?」プレーヤーに伸びる指には、しあわせをきゅっとまるめて作ったような指輪がある。

「先生」

「ん?」

「愛妻弁当おいしかったですか?」

先生はもう一度、ん? という表情をしたけれど、すぐに花が咲くように頬をゆるませた。

「ボリュームよりも健康とか彩りとかにこだわるからさ、俺からしたらちょっと物足りないんだよな」俺はこの二倍は食えるのに、と先生は自分の腹を叩く。

自分から訊いたのに、クッションをしくのを忘れてしまった。ぶつけた箇所がズキズキと痛い。

「愛されてるんですね」

「いやいや、もっと肉とか入れてくれって言ってるんだけど、あいつ聞かないんだよ。

最近腹が出てるでしょとか言って、困る困る」

　私はこんなにも困っていない「困る」を初めて聞いて、やっぱりひとりで屋上に行けば良かったと思った。

「あ、そういえば」

　静かになってしまった空気をぺろりとめくるような声を出して、先生は脇に抱えていたファイルの中をあさり始めた。

「はい、これ」

　プラスチックのCDケースは、水みたいに光る。

「……そういえば私、貸して下さいってしつこいくらいに言ってましたね」

「もしかして忘れてた？　やっぱこういうのはデビューアルバムだろってことで、【ザ・ローリング・ストーンズ】から。返すのはいつでもいいから」

　先生は誇らしげに、ずい、とそれを差し出すと、ちゃんとMDに録音して聴けよ、と言ってどこかへ行ってしまった。

　まるで作り物みたいに分厚い雲が、窓枠の形に切り取られた空の中をゆっくりと横切ろうとしている。

　屋上から、知らない女子たちの笑い声が落ちてくる。

ほんの少し、期待してしまった。そういえば、って先生が言ったとき、期待してしまった。お前今日誕生日だよな、って、二十歳なんてめでたいなって、まだまだ若いしこれからだな、って、そんな軽い一言と共に何かくれるんじゃないかって、たった一ミリだけど期待してしまった。椿みたいに今日のためにばっちりメイクもしてないし久しぶりのスカートは似合っていないかもしれないけど、それでも。

☆

アスパラガスは苦手だから、できるだけ味がわからないうちにお茶で流し込む。母は、少しでも食べやすいようにとバターで味付けをしてくれているけれど、それでも独特の青臭さは消えない。

先生から借りたＣＤはまだ、カバンから取り出していない。

お茶にあぶらが浮かないように、バターのついたくちびるをティッシュで拭く。

今日は、お弁当にもアスパラガスが入っていた。結局あのあと、屋上には行かなかった。

「梢、ドア開けてー」

どんどん、と椿が足でドアを蹴る音がする。私は「なんなのよー」と迷惑がりながらも箸を置いて立ち上がる。

「さんきゅ」

大きな袋を二つ抱えて、椿が姿を現した。完成形から少しも崩れていないメイクに包まれた顔いっぱいに、充実感がにじみ出ている。

床におろされた袋の中身を私は見下ろした。ぱっくりと大きく開いた袋の入口からちらりとのぞく、赤いリボンや大きな箱やドン・キホーテで売っているようなコスプレグッズ。袋の外側からは想像できないようなカラフルな世界が、その中には広がっていた。

「今日、映画の撮影も重なってさ、そこでも祝ってもらっちゃった」

ほら、と、袋の中から映画のＤＶＤや小さな写真集を取り出す。「撮影で仲良くなったひとたちって、やっぱプレゼントもなんかアカデミックっていうかさ、普通の友達とは違う感じなんだよね」右側のページに短歌が書いてあり、左側には風景や人物の写真があるというスタイルの写真集をぱらぱらめくりながら、椿は話し続ける。

「これは監督がくれたんだ。この写真すごいきれいじゃない？」

椿の美しい黒髪はきらきらつやめいていて、まるで鏡のように私を映してしまいそうだと思った。

全く笑っていないいまの私の表情を、映してしまいそうだと思った。

「撮影は、順調なの？」

私は急いで、心にクッションをしく。私は椿に背を向けて、食べかけの夕食をもう一度口に運び始める。

椿はぱんぱんに膨らんだ袋やカバンをテーブルの上に置いた。「思ってたより体力勝負、マジ疲れる」そうぼやきながらも、声色は明るい。

「監督のこだわりがすごくてさ。普通に演技のことで怒られるの。でも監督の一言で、自分にすごく自信がつく感じがして気持ちいいんだよね。読モの撮影とはまた違う感じ」

テーブルの上に無造作に倒されたカバンの入口から、ピンク色をした携帯電話がごとりと零《こぼ》れ落ちてきた。私はアスパラガスの筋を噛みちぎりながら、ディズニープリンセスのストラップを横目で捉えた。

筋が噛み切れない。

「明日からはクラスのみんなで河口湖に行くんだ。朝早いし、早く寝なきゃだ」

おかーさーんお風呂わいてるー？　真新しいピアノのようにぽんぽん音を響かせて、

椿はリビングから出て行く。私は、バターで汚れた銀色のフォークを見つめたまま、動けなくなっていた。

自分に自信がつくって、椿、それ以上自信をつけてどうするのよ。

小さく小さく、声に出していたかもしれない。全身を巡る濁った気持ちが、血管からどろどろどろと滲《にじ》み出てくる。どんどん部屋が広くなっているように感じる。テーブルが小刻みに揺れて、私はやっと我に返った。

椿の携帯電話が震えている。メールだ。

監督さん

携帯の画面にはそんな文字が躍っており、私は椿の鮮やかな黒髪を思い出した。たぶん、椿の茶色のふわふわを黒のストレートに塗り替えたのは、この「監督さん」なんだろう。今の椿により自信を与えて、何色にも染まらない黒を当てはめたのは、この「監督さん」なんだ。

この人が、椿を1よりも大きくしようとしている。1よりもさらに、もっと、大きく。

四桁の暗証番号は、誕生日だった。私と同じ設定だ。

【今日は撮影お疲れ様。今日撮ったところとても良かったです、編集作業が楽しみ。

あと、誕生日おめでとう！　サプライズ成功してよかった。

それと、急で悪いんだけど、明日って撮影入れても大丈夫？　スタッフのスケジュールの関係で、明日どうしても撮りたいシーンがあるんだ。】

私は指を動かす。急ぐ。

【お疲れ様です。誕生日プレゼントありがとうございました！　写真も短歌もとても素敵で、すっごく気にいっちゃいました（笑）
あしたの撮影大丈夫ですよ！　あと、ちょうどいまメールアドレスを変えようと思っていたので、これからはこちらに連絡ください。――――――@―――――】

私だって自信をつけたい。私だって1になりたい。私だって椿みたいになりたい。

送信ボタンを押してすぐ、送信済みメールのフォルダに行き、今送ったメールを消す。受信メールも、消す。私は残りのアスパラガスを全部口に放り込む。さっきよりももっともっと青臭かったけれど、繊維が残らないくらいに、強く強く噛み砕いた。

高校二年生の秋、私は初めて椿の部屋に忍び込んで、鏡の中に映る私を見つめたことがある。その日、椿は大学生の彼氏と代官山へデートに行っていたから、ピンクの壁紙に囲まれた部屋には私しかいなかった。

私のほうが少し小さい目、少し低い鼻、少し薄い唇、少し太っている輪郭。ひとつひとつのパーツがほんの少し劣っているだけでも、それが全て揃うと、椿の顔とは全く違うものみたいだ。

私はそのとき、同じ陸上部の男子に片思いをしていた。少しでも肌を白く見せたい、目を大きく見せたいと思ったのは、そのときがはじめてだった。

私は椿の部屋で、椿のメイク道具を勝手に借りて、自分の顔を椿にしようとした。もちろん化粧ポーチは椿がデートに持って行ってしまっていたから、残されたわずかな道具だけで、私は目を二重にし、アイラインを引き、睫毛を上げ、チークで輪郭を小さく見せた。椿には絶対に見つからないようにしながら、私は自分の顔のパーツひとつひとつを、椿へと近づけていった。

そのときの私にとって、メイクのお手本は椿しかいなかった。

ドキドキしていた。陸上部の仲間たちと、屋上へ続く階段を一段飛ばしで駆け上がったときのような胸の高鳴りだった。そして、両目に収まりきらないほどの青空の代わりに私の目に飛び込んできたものは、椿の顔だった。

顔の右半分が夕陽に照らされて、あつい。

あの日、はじめて椿の顔になった日、椿の部屋にあった化粧品と全く同じものをドラッグストアに買いに走った。もうずっと開けていない引き出しの一番奥で、ずっとずっと眠ったままだった魔法の道具たちを、私は取り出す。

大丈夫だ。私は1になれるんだから。

☆

「プリン、くれるの?」

気づかれた。

「こっさんが椿と入れ替わるなんて、何年ぶり?」

風人は私の耳からイヤフォンを引っこ抜いて、メイクされた私の顔を覗きこんできた。私は全身の血液が顔に集中してゆくような熱を感じたけれど、「なによ」と平静を装う。

確かに改札を通っていく風人の後ろ姿を見たとき、次の電車に乗ろうかなとも考えた。しかし映画スタッフとの待ち合わせ時間に遅刻しないためにはこの電車に乗りたかったし、なにより、もしかして今度こそ初めて風人のことを騙《だま》せるんじゃないか、なんて恥ずかしいことを考えてしまった。

「プリン、プリン」

「うるさいなあ」

子どもか、と小さく突っ込むと、風人は「懐かしいね、体育の時間の身代わり出席とかさ」とちょっとだけ目を細めた。風人は、私が椿のふりをしている理由を聞かない。

私は背筋を伸ばす。椿の背中はピンと伸びている。

あれから私の携帯で何度か「監督さん」とやりとりをして、待ち合わせ場所と時間を把握した。今日撮影するシーンは、短いけれど以前から伝えてあるようにとても大切なシーンだということ、新鮮な気持ちでシーンと向き合ってもらうためにそのシーンの台本はその場で渡されることなどを告げられた。

「バレないように、がんばってね」

「うん」

風人には本当のことを言ってしまおうかと思ったけれど、やっぱりやめておく。声に出すと、いまからやろうとしていることすべてがばからしくなってしまう気がした。

「……今日さあ」

ややあって、風人が言った。

「俺、ひーちゃんに会うんだ」

「ヒーチャン……」

たっぷりと考えてしまってから、風人の片思いの相手だと思い出す。同時に、先生が貸してくれたＣＤの記憶が蘇った。取り出してさえもいないＣＤは、カバンの中に入ったままだ。

「ヒーチャンと、ふたりで会うの？」

「うん。そう」

「やったじゃん。もっと喜びなよ」

「うん」

外見は椿に似せることができても、話し方などはやっぱり似せられない。風人はいまとても幸せなことを話しているはずなのに、ちっともうれしそうじゃない。

「今日はひーちゃんと、ひーちゃんの好きなひとの話をするんだ」

「うん」

「それでね、明日は、ひーちゃんの好きなひとに会うんだ。ひーちゃんもいっしょに」

電車が揺れるたび、風人の声の中に染み込んでいる悲しさが、私にも染みてくる。風人がいま置かれている状況はよくわからないけれど、風人はもう完全にひーちゃんのことをあきらめている。私はそう思った。

「そっか」

私は、胸のあたりにカバンを抱えた。励ますべきではない、と、思った。

「風人って、ほんとにいいやつだよね」

私は、外されてぷらぷらしていたイヤフォンをもう一度耳にはめたけれど、再生ボタンは押さなかった。もう少し聞いてあげようと思った。電車と合わせて揺れる風人の悲しみに、私ひとりだけでも、もう少し耳を傾けていようと思った。

☆

電車内で小さく揺れ続ける風人に手を振って、電車を降りる。それから二回地下鉄を乗り換えると、「監督さん」に指定された駅に着いた。撮影場所の公園までは、そこから少し歩くらしい。私は少しずつ音楽の音量を上げていく。いま誰の曲を聴いているのかも分からないけれど、引き返してしまおうかという気持ちに足が負けないように、白いイヤフォンをしっかり耳に入れ直す。

指定された駅は、一度も降りたことのないところだった。白いタイルに囲まれたトイレに入り、もう一度だけ、鏡を見つめる。大丈夫。大丈夫。椿に見える。

「大丈夫」

久しぶりにしたメイクは、なぜだか前よりも上手になっている気がした。髪の毛は、長さの違いなどが目立たないようにお団子にしてまとめた。

指定された番号の地上出口で、周りを見渡す。やっぱりまだ誰もいないようだ。待ち合わせ時間までは、もう少しある。私は、緊張が漏れ出ないようにぎゅっとてのひらを握った。そうしていると、なぜだかいろんなことが頭の中に浮かんできた。あなたたちを分数にしたら1にならないといった母の声、十九歳のうちに大学へ受かっていった浪人仲間の背中、先生の薬指で遠慮なく光る指輪、誰にも祝われなかった誕生日、青臭さと繊維がやっぱり好きになれないアスパラガス、電車のドアに身を委ねていた風人の目、

「椿さん」

椿。

「椿さん？」

急に、いろんな音が耳に入り込んできた。私はあわててイヤフォンを外す。

「監督さん」

「……そんな呼び方されたの初めてなんだけど」

監督さんは、右肩にぶらさげた機材を重そうに抱え直した。よく見ると、その後ろには同じように、私には何なのかもわからないものを抱えた学生が数人いた。

「いつもはレオンさんって呼んでくれるのに」

「レオンさん？」

「うそ。そんなのもっと呼んだことないだろ」

監督さんは軽く笑いながら「行こうか」と私を誘導した。なんかボーッとしてない？　大丈夫？　と、別のスタッフさんが私のお団子頭をぽんぽんと叩く。私は音楽プレーヤーをカバンの中にしまいながら、いつもの私よりも何倍もかわいく、大丈夫です、と答えた。

監督さんもスタッフさんたちも、みんな何かしら荷物を抱えていて、私は自分のカバンだけを持って歩いていることが申し訳なくなってしまう。

「椿さん、お団子なんてしてきたの初めてじゃない？　私が初めて見ただけ？」

「うーん、まあちょっと気分変えてみようかなと思って」私はできるだけ自然に雑談に混ざる。

「いいじゃん、俺今日の撮影部分の髪型考えてたけど、似合ってるからそのままいこ」

大丈夫、気づかれてない、気づかれてない。私はいま、椿になっている。誰かの歩調に合わせるということが久しぶりだと、私は歩きながら気がついた。

それどころか昼間にこうして街を歩くことも、久しぶりだった。外での撮影が多いからだろうか、機材を抱えた人たちはみんな、まだ五月なのにちょっと日焼けをしている。

まっ白な予備校の教室に差し込む太陽の光よりも、今日の光はあたたかい。

誰が話してもみんな楽しそうに笑って、一歩踏み出すたびに、前にいる監督さんのうねうねした髪の毛が揺れる。誰かが隣にいて、後ろで誰かが笑っていて、前にも誰かが歩いていて、こんなにもあたたかい太陽に包まれて、お団子頭が似合うねなんて言われながら、昼間の街中を歩いている。

椿は毎日、こんなふうに生きているんだ。

「もうすぐ公園だから、着いたら準備な」

監督さんが後ろを振り向く。ハーイ、とみんなが返事をする。太陽が眩《まぶ》しい。肌に直接光が入り込んでくる。

私はいつか、あの白い教室から出られるのだろうか。何も肩書きがない私が、こんなふうに歩いていていいのだろうか。

こんなむなしい気持ちになるために、きれいにアイラインも引いて、グロスも塗って、時間をかけて服を選んだわけじゃない。

じゃあ一体どんな気持ちになるために、私はいま椿になりすましているんだろう。不意に、堀田先生の顔を思い出した。不意だったから、どんと心臓がバウンドして、痛いくらいだった。きっと堀田先生だって、奥さんと、やがて生まれてくる子どもと、こうして街を歩く。ただでさえきらきらしている薬指の指輪は、太陽の光でもっと輝く。

「荷物まとめて置いとこー」

誰からともなく声があがり、みんなぞろぞろとそれに従う。いつのまにか、撮影場所の公園に着いていたようだ。「晴れたし、人も少ないしいい感じだな」監督が両腕をゆっくりと伸ばして、周りを見渡す。私はどうしていいかわからなくて、辺りをきょろきょろと見回すようにしてその場に立ち尽くしていた。

スタッフさん達はみんな、それぞれの機材を組み立てたり何か書かれたノートを見つめていたりと、忙しそうに準備を始める。首筋に照りつける日光にじんわりと汗が滲み出てきて、私はひとり、自分の影を見た。

この人たちにも、椿は、誕生日を祝ってもらったんだ。

影の形は、確かに椿みたいだ。だけど私は、誰にも気づかれずに二十歳になってしまった。私は、いくら着飾ったって椿にはなれない。見えないくらい根っこのほうに眠っていた思いが、急につるりと現れた。

双子なのに、椿と梢を分母と分子にしても1にならないわね。

影の形ならばきっとぴったり重なるだろう。だけど、私が椿と重なりたいのはそんな部分じゃない。

「どうしたの、柏木さん」

監督さんが私の目の前に立っていた。「なんでもないです」そう笑おうとして初めて、私は自分が泣きそうになっていたことに気がついた。

「とりあえず今日は、前から話してたシーンを撮るから」

「はい」

私はよくわからないまま頷く。

「今日柏木さんスカートだけど……ま、大丈夫か」

「……えーと、あの、そのシーンってどんなのでしたっけ？」

私に背を向けようとした監督さんがその動きを止め、おかしそうに笑った。

「この映画は、明るく幸せに満ちたように見える場所で、登場人物がそれぞれ一斉に自殺するって終わり方でしょ？　ヒロインは飛び降り自殺の設定だから、そこの撮影。今日はそのワンシーンだけ」

虹色のフレームの奥にある目はやさしく笑っていたので、私はシーンの内容とのギャップに少し肌寒さを覚えた。何やら大きな荷物を持っていたスタッフが、「ここどうですかー」と言いながら地面にマットレスを敷いている。視線を向けると、そこには高さ三メートルほどの石垣があった。

「髪型も衣装もこのままでいいからさ、うん」

監督さんの目はやさしい。だけど、やさしいだけではない気がする。

私は、「ちょっとそこ立ってみて」というカメラマンさんの言葉のままに石垣の上に立たされ、スタッフさん達が忙しそうに動き回る様子を見下ろす形になった。

みんな、自分の役割を果たすべく、腕まくりをして準備を進めている。テレビで見たことのある、柄が長いマイクのようなものを持っている人は、両手に白い軍手を着けている。今日は五月のわりに暑い。私は椿じゃないのに、いろんな人に気を使われながら、こんな場所から知らない公園を見下ろしている。

あのめがねの女の人はとってもかわいいのに、ポロシャツにジーパンだ。動きやすいように、だろうか。

きっと凪人は、今どこかでヒーチャンと会っているのだろう。浪人時代の友人は、近くの大学で授業を受けているかもしれない。どこかのファストフード店でバイト中かもしれない。椿はきっと、河口湖へ向かうバスの中でクラスメイトたちと談笑している。先生は今日も指輪をして、土曜特別カリキュラムに臨んでいるのだろう。

私は何をしているんだろう。

こんなことをして、椿になれるとでも思ったのだろうか。こんな高い場所で知らない人たちを見下ろして、何がどうなるんだろう。

カメラマンさんも、監督さんも、みんな、準備を終えたみたいだ。なんにも準備ができていないのは、私だけだ。

いま鏡を見たら、私の顔に戻っているような気がして、怖い。

「柏木さん」

下から監督さんが声をかけてくる。私は「はい」と返事をする。声をつくることだって、もう忘れた。

「柏木さんさ」

下から風が吹いた。

「下の名前、なんていうの？」

カメラマンさんが、レンズから目を離した。監督さん以外の人たちが、順番に動きを止めていった。

「あなた、椿さんじゃない」

監督さんはまた、やさしく微笑んだ。「何言ってんの？」とカメラマンさんが笑ったけれど、監督さんは気にしていない。「どういうこと？　双子？」他のスタッフさんたちの声が聞こえてくる。

監督さんだけ、いつのまにか、私のことを名字で呼んでいる。

「椿さんは、ＭＤプレーヤーなんて持ってないんだよ。スピーカー付きなんとかっていうすごく便利そうなの、使ってる」

機能ほとんど使いこなせてないけど、と、監督さんは苦笑いをしている。

カバンを握ろうとするてのひらに、力が入らない。誰の目も見ることが出来ない。

ファンデーションがコンクリートのように固まってしまった気がする。顔が動かない。

恥ずかしい。今、きっと私はもう、どこからどう見ても柏木梢だ。

「カメラ、回して」

え？　とカメラマンさんが聞き直す。

「回して。音声も準備して。撮るから」

スタッフ全員が戸惑う様子が、固まった視界でもわかる。私も戸惑っていた。どうすればいいのかわからない。「ごめんなさい」と謝ってみても、誰の耳にも届いていない。

「最後のシーン、君で撮るよ」

監督さんが私を見上げている。

「君、椿さんの妹さんだよね？　椿さんが最近言ってたんだ、誕生日も近いのに、妹に元気がないって」

カッと体中を巡る血が顔の中心に集まってきたのがわかった。「ごめんなさい」この人が求めているのはそんな言葉ではないとわかっているのに、言ってしまう。

「どうしてこんなことしてるか、その理由はどうでもいいんだ」

「ごめんなさい」

母の声が、熱い熱い血液の中で固まっていく。

私だって1になりたい。椿と同じくらい、幸せになりたい。椿じゃなくても、先生みたいに、一浪で大学へ受かっていった友達みたいに、風人みたいに、ヒーチャンみたいに、監督さんみたいに、カメラマンさんみたいに、スタッフさん達みんなみたいに、いまこの場所から見える全ての人みたいに、誰かに誕生日を祝ってもらえるようになりたい。

「柏木さん、飛ぼう」

みんなの頭よりも高い場所に立ちながら、私は世界を見下ろしている。私はいま、誰と比べたって小さな存在かもしれない。誰かの笑い声に足はすくむ、久しぶりにはいたスカートは誰にも気づかれない。

風が吹く。石垣の上は、けっこう高い。

だけど、私だって、下に広がる世界に参加したい。

私の姿で。

「飛びます」

視界の隅で、カメラマンさんが構えたのが分かった。監督さんがほほ笑むのをやめた。ここから飛んだから何かが変わるわけではないということは分かっている。だけど飛ばなかったら、絶対に何も変わらない。

別に椿みたいになりたいわけじゃない。ほんとうは、きっと、椿と同じ、1になりたいわけじゃない。私はずっと、ほんの少しでも、今の私から変わりたいだけだった。

追い風が吹いた。本当はそんなもの吹いてないのかもしれないけど、そんな気がした。

今しかない。下を見ないで、私は思いっきり飛び上がる。だけどすぐに、地球の中心に引っ張られる。両腕を伸ばしててのひらを思いっきり開くと、握っていたカバンが私から離れていった。汗で湿っていたてのひらが空気に触れて、すーっとした。気持ちいい。埃まみれのマットの上で私は、そう思った。久しぶりの感覚だった。

「柏木さん」

監督さんが駆け寄ってくる。

「最高のシーン撮れたよ、もう最高。カバンの中身飛び散ってるけど」

空中でてのひらから離れていったカバンは、大口を開けてそこらじゅうに中身をぶちまけていた。「すごい、よかった」ようやくカメラから顔を外したカメラマンさんが、ぽつりと呟いたのが聞こえる。

ちょっと携帯とか大丈夫かこれ、と、スタッフさん達が私の携帯やら財布やらを拾い集めてくれている。ごめんなさい、と私もそれに参加する。心臓がどきどきしている。いまになって、申し訳なさと恥ずかしさがごちゃまぜになった思いが込み上げてくる。

土にまみれたハンカチをパタパタとさせていると、少し遠くのほうに、太陽の光をきらりと反射しているものが見えた。

プラスチックケースが、日光を弾いている。私は立ち上がり、近づく。

先生が貸してくれたローリング・ストーンズのＣＤ。

「さっきのシーンさ」

監督さんが、私のカバンを拾いながら話している。

私はＣＤに手を伸ばす。カバンに入れっぱなしで、まだ一度も聴いていなかったＣＤ。落ちた衝撃でケースが開いてしまっている。

ケースの中には、ＣＤの他に、便せんが一枚入っていた。

「自殺のシーンっていうよりも」

私は便せんを開く。

「この世界に生まれ落ちたみたいだったよ」

誕生日おめでとう。

便せんには、先生の下手くそな字でそう書いてあった。

「もういちど生まれたみたいだった」

さらに、下の方には小さな字で「今年こそ!!　絶対受かる!!」とも書かれている。文字が右上がりになる癖は、やっぱり直らないらしい。

「昨日は、椿の誕生日だったんです」

私は、便せんについてしまった砂を指でていねいに払った。

「でも、私の誕生日でもあったんです。二十歳の、人生でたった一度の」

CDケースを閉じる音と、おめでとうという監督の声が重なった。

十八歳も十九歳も、その誕生日は人生で一度きりだ。だけど二十歳は少し違う。だって私はこうして、もういちど生まれることができた。

CDのケースが、てのひらの熱で白く曇る。私は、このまま予備校に向かおうと思った。精いっぱいのおめかしをした姿で、一日遅れのありがとうございますを言いに行こうと思った。

破りたかったもののすべて

ＬＬサイズの白いＴシャツから出た右肩と、足の何倍もの太さをした黒いバスパン。インナーは黒のタンクトップ。ターンをすると、青いメッシュが鏡の中で円を描く。気合いを入れたいときに着るこの練習着は、高校時代付き合っていた大学生の彼氏からもらったものだ。その男に未練があるわけではないけれど、ダンスもそれ以外のこともセンスのいい人だったから、捨てることができない。いつしかこの服は私の戦闘服になった。

ロッカールームの鏡で、全身をチェックする。よし、大丈夫。

キャパシティはせいぜい二十人程度の閉め切られたレッスンスタジオで、二十五人以上がダンスの練習をする。みんなが汗をかくから、壁一面に嵌《は》め込まれた鏡は水蒸気で曇り、床はべたべたに湿ってしまう。濡れた床を初めて目の当たりにしたときは気持ちが悪かったけれど、今はシューズのゴム底が鳴らす、きゅ、きゅ、という音が心地いいくらいだ。

　今日のレッスンは、スタジオの中で一番大きな三階のCスタジオで行われる。ペットボトルのキャップをひねりながら階段を上る途中、音楽が聞こえてこなかったので、私はほっと息をつく。早めに来てよかった、一番乗りみたいだ。

　シューズを脱いで、誰もいないスタジオの端に揃えて置いておく。先生が来たらまた丁寧にストレッチをすることになるだろうけれど、その前に自分で一通りこなしておく。これまでストレッチをサボっていた自分を、私は毎日責め続けている。

　体がやわらかい、という体質は、高校を卒業して一年とちょっと経ったいま、もう手に入らないのだろうか。

「あれっ？」

　不意にガラスのドアが開いたと思ったら、女の子二人組が首を前に出すようにしてこちらを覗いていた。私はイヤフォンを耳から外す。

「今日って、ユウコ先生のレッスンって」

「休講」

　にべもない私の声に、うわー、と、後ろにいるショートの女の子が声を漏らす。

「ここ、今日、スクール生の練習に使われるから。ロビーに貼り紙してあったと思うけど」

「あ、失礼しましたー」だらしなく語尾を伸ばしながら、二人はドアを閉めた。休講とかマジないわー、という声が、階段を下りる足音の隙間から聞こえてくる。

あの二人、見たことある。私はイヤフォンを付け直しながら思う。あの二人は確か、レベルが高くて有名なダンスサークルの二年生だ。大学生の集まりとはいえ、夏と年末に大きなホールを借りて公演を行っている。去年からちらちらと夜間のレッスンに来ていて、たまに同じコマを受けることもある。身のこなしから見ても、確実に大学以前からダンスをやってきたはずだ。きっと、サークルの同学年の中でも一目置かれているのだろう。しかも、ちゃんと、一つのジャンルだけじゃなく、様々なジャンルに挑戦しているのがわかる。前、ふざけた様子でポップの真似事をしていたのを見たことがあるけれど、それでも基礎はしっかりとできているようだった。ポップができれば、ロックはもっと力強くメリハリの利いたかっこいいダンスになるし、ジャズができれば、体の軸がしっかりしてより美しく踊ることができる。

大学二年生、十九歳、同い年。貼り紙してあったと思うけど、なんて、あんな言い方をしなくたってよかった。きっとあの二人はいまごろロッカールームで、休講への苛立《いらだ》ちに乗っかって私の態度の悪さについても好き勝手言っているはずだ。

ダンスサークル入ってます、という女の子たちには、どうしても冷たくしてしまう。それが同年代であるなら、なおさら。

足の親指の骨の部分を触る。幅広気味の私の足は、たまにこうして解放してあげないとすぐにしくしくと痛み出す。

スクエア・ステップス東京校に通うようになってから、私は一日中、ダンスに関わる勉強をしている。この学校には、様々なジャンルのダンスの実技の他に、中学高校の保健体育のような座学、ヘアメイクやヴォーカルレッスン、インストラクターになるためのコース等がある。昼間部の授業を受けられるのは試験を受けて入学した生徒たちだけだが、夜間と土日は一般の人も受けられるようなオープンクラスが設けられる。ダンスの世界で有名な講師もたくさん在籍しているので、その講師に憧れる大学生や高校生などでオープンクラスはすぐに定員オーバーになってしまう。

女の子座りをした状態で、かかとを脚の付け根まで持ってきて、あおむけになるように上体を倒す。見慣れた白い天井が私を無表情で見下ろしている。

私はあの子たちみたいに、大学という保険のかけられた世界の中で、ファッションとしてダンスをしているわけではない。ここの生徒はきっと、オープンクラスに来るひとたちに対して、少なからずそんな思いを抱いているはずだ。

脚を広げて、今度は上体を前に倒す。床にてのひらが触れる。レッスンスタジオの床はなぜかいつも、少しざらついているような気がする。

私は人より、その思いが強いのかもしれない。私はステージのあとのビールのために踊っているわけでも、かっこいいＤＪと仲良くなるためにクラブに通っているわけでもない。あの子たちも別に、そうじゃないのかもしれないけど。

足の筋が、もう伸びきっている。腹は、床についていない。

この学校は授業料が高い。たった二年間通うだけでも、想像をはるかに超えるお金がかかる。通常の大学受験をしない代わりに、授業料の一部負担を条件として受け入れた私は、レッスンがないときはずっとアルバイトをしている。

スタジオの白い天井は、アルバイトの休憩室を思い出させる。ビールがなくてもお金がなくても、あの白い部屋に行けば、私の心は潤う。

ハルも今日シフト入ってたんだなー！　オレにもポッキーちょうだい！

一瞬、声を思い出すだけで、必死にしがみついているものから簡単に手を離しそうになってしまう声。

あと二十分で、先生が決めたレッスン開始時間だ。そろそろ、誰かが来てしまうかもしれない。

ストレッチを終え、曲を変える。先生が共有フォルダにアップしてくれた次の発表会で使う曲のMP3ファイルを、あらかじめダウンロードしてプレーヤーに入れておいた。先生は、十パーセント、二十パーセント、それぞれテンポを遅く加工したものも用意してくれていた。私はその中からテンポが二十パーセント減速されているトラックを選ぶ。

鏡の中には、私ひとり。揺れる青いメッシュで、それが自分だとわかる。

今回の振付を初めて見たとき、背中の毛穴が開いて、悪い予感がたっぷりと溶け込んだ汗が滲み出てきた。フリーで踊るタイプのロックダンスを好んでやってきた私にとって、ジャズのショーはなじみのない動きがとても多い。似合わない、と直感した。

私はあんなにも足が上がらないし、あんなふうに軸をぶらさずに何回転もすることができない。でも、今までの私のダンスじゃ、キャパシティが三百人の地下のクラブのステージがせいぜいで、何万人もの観客を収容できる大きなコンサートステージに立つことはできない。世の中の人が思っている「ダンスで食べている人」のイメージはきっと、後者だ。

私は後者にならなければいけない。そうでなければ、兄貴と同じになってしまう。

バスパンの右ポケットから伸びるイヤフォンのコードは、シャツの中に通す。少し遅めの音楽の中で、振りの確認をする。

有佐《ありさ》のターンはきっと、背骨がその場所から一ミリも動いていない。地面に体を突き刺しているように、有佐の体の軸はブレない。

明日の授業後、Cスタジオで発表会のポジション決めを行います。

イヤフォンから流れてくる曲の向こう側から、昨日の先生の声が聞こえてくる。

三人一組に分かれて、みんなの前で課題部分を踊ってもらいます。それをビデオで撮って私がチェックして、来週にはポジションを発表します。

課題部分は、曲の最後に全員で踊るユニゾンだった。フォーエイト、つまりエイトカウント四回分。クラシックバレエの基礎からジャズヒップホップのレベルの高い動きまで、ステージ映えするジャズに関するすべてが詰まっているような振付だ。全員の動きがぴったり揃ったら、きっとすごくきれいに見えるんだろう。

誰も見ていない。大きく踊る。誰の視線も気にしない。鏡の中の自分だけを見る。もうすぐ、苦手な連続ターン。

ガチャ
ドアが開く音がして、体から力が抜けた。

「……おはよう」

有佐が一瞬、気まずそうな顔をした。私は、行き場をなくした両手足をぶらんとさせたまま、「おはよう」と返した。ダンスをしている人たちは、時刻に関係なく「おはよう」とあいさつしあう。はじめはカッコつけてるみたいでダサいと思っていたけれど、みんなが「おはよう」と言うのだからそれにならうしかなくなった。

イヤフォンを両耳から外す。この曲を練習していたことがバレないように、私はポケットの中で停止ボタンを押した。

有佐は、髪の毛をまとめるより早く、全身のどこにも力を入れていないようなウォーミングアップに近い動きで、ラストユニゾンの振付をなぞり始めた。その動きだけ見ても、有佐の体の中を、目には見えない鋼鉄の軸が一本まっすぐ貫いていることがわかる。

私は有佐から離れると、壁にもたれて腰を下ろした。脱いでいたシューズを、自分のもとにず、ず、と引き寄せる。親指の骨をさする。このシューズにまたしめつけられるのかと思うと、もう、骨の周辺がしくしく痛み出す。

きっと、私のことなんて誰も見ていない。私が、どこを重点的に練習しているかなんて、どこを苦手だと思っているかなんて、そんなこと誰も気にしない。だけど、こうなるともう、動けなくなる。自分の得意なことしかできなくなる。苦手なところを思いっきり練習できるのは、スタジオに誰もいない数分間だけだ。

有佐は全身を伸ばすと、ステレオに近づいた。「あ、入ってんじゃん」CDが入っていることを確認すると、音を小さくしてから再生ボタンを押す。

テンポが二十パーセント減速されているトラックなんて、有佐は選ばない。

その音楽につられるように、同じナンバーに出演するメンバーが続々と集まってきた。「音聞こえてきたから、有佐だなって思った」「あんたもう自主練すんな！　あたしも真ん中で踊りたいんだから！」みんなドアを開けてすぐ、有佐に話しかける。

私は、有佐とちゃんと話したことがない。有佐はどんなステージでも、センターに選ばれる。

ダンサーなの？　すごいね！　それに青いメッシュなんてかっこいー。オレには絶対似合わないし！

☆

幼さの残る翔多の声を思い出すと、足の親指の痛みが少し治まった気がした。

二階の右奥の部屋しか、電気が点いていない。たったひとりを除いて、家族はみんな、眠ってしまっているようだ。

音を立てないようにして、そっと自転車のスタンドを立てた。サラダの入ったコンビニ袋をかごから取り出す。腕時計を見ると、もう二十三時を回っていた。学校から家までは、自転車で四十分。電車を使ったほうがもちろん早いけれど、自転車を日常的に使うと足にきれいな筋肉がつく、と何かの雑誌で読んでから、意識的に自転車を使うようにしている。交通費の節約にもなって、ちょうどいい。

遥《はるか》、自転車通学なんだね。あたしもそうすればダンスできるようになるかな？

椿の甘い声、甘い言葉。高校のころ聞いた言葉たちは、たまに、私の足を簡単にすくいあげてしまう。

さっきまで何度も踊っていた、ラストユニゾンのフォーエイトが脳裏にこびりついて離れない。忘れようと思えば思うほど、より鮮明に、失敗したあの連続ターンを思い出す。

ターンはやっぱり、ぴしっと揃えたいな、遥。

先生はやさしい。

あと、足の上げ方が甘い。一人だけ角度が浅い。ストレッチ、サボっちゃダメだよ、基本いつもたいせつに。

先生はやさしいから、講評が長い。

ユニゾンは動きを揃えてこそ美しく見えるように作ってあるから。このままだと、あまり目立たないポジションになっちゃうかな。

中でも、私の講評が、一番長かった。

三人一組になったとき、私は有佐と同じ組になった。先生は有佐に、「ツーエイト目の終わり、ちょっとブレてる」と言っただけで、すぐに私の方向に向き直った。きっと私は、よりチェックしやすいように、有佐と組まされた。

「遥？」

名前を呼ばれて、我に返る。

「帰ってたのか、おかえり」

家の中に入り、内鍵をかけたところで私の足は止まっていた。

「いま、帰ったとこ」

私は慌ててスニーカーの靴ひもをほどく。兄貴に、こんなところに立ち止まっていたことを悟られたくなかった。

「風呂入ったら、スイッチ切っとけって。母さんも父さんも寝てるから」

「わかった」

靴を脱いでちらりと上を見ると、兄貴はまだそこに立っていた。前髪と手足と首が長くて、肩と目が細い。兄貴は、いつ寝ているのか、いつ起きて大学に行っているのか、よくわからない。大学って、高校とは違って毎朝決まった時間に始まるわけではないらしい。特に、美大はより夜型な気がする。ダンスもきっと負けないくらい夜型なんだけれども、兄貴はろくに部屋の電気も点けないで画を描くから、ずっとずっと夜の中にいるような気がする。

兄貴は、私が起きる時間にはまだ寝ていて、私が帰ってくる時間には部屋にこもってしまっていることが多い。兄貴がきらいなシイタケを私が食べ、私がきらいなナスを兄貴が食べていた夕食の空間は、もう遠い過去のように感じる。

私と兄貴は仲が良かった。私は兄貴の絵を好きだったし、兄貴は私のダンスをほめてくれた。中学校、高校という世界の中では、私たちは同じものさしで測られていた。

「また、練習しに出る？」

高校のころから、スタジオや駅で朝までダンスの練習をすることがよくあった。両親は未だに嫌がるけれど、兄貴はもう何も言ってこない。

兄貴のてのひらは、今日も絵の具で汚れている。

「……練習行くかは、まだわかんない」

私があまり話をしたくなさそうにしているのを察したのか、兄貴は、「そっか」とキッチンのほうへと消えた。

昨日は、青色に汚れていた。今日は、赤や茶色。銀色でぴかぴかな日もあれば、真っ黒く染められている日もある。兄貴のてのひらは毎日色を変える。高校の校舎に飾られていた兄貴の絵は、淡い水色で、とてもきれいだった。

すごいね、と、クラスメイトたちは言った。お兄さんは絵がうまくて妹のハルがダンサーなんて芸術一家じゃん。みんな口々にそう言った。だけど、高校生のものさしで測られた「すごい」は、高校を卒業したその瞬間、全く別の形容詞になることがある。

高校時代、あんなに「すごい」と思っていた兄貴の絵は、いまではどんな形容詞で表現されるんだろう。あのころ私たちは、他の人とは違うことを「すごい」と思っていた。絵がうまいこと、かっこよく踊れること。嫌になるような日常のくり返しの中で、非日常を見せてくれる人間のことを、「すごい」と思っていた。勉強ができたり料理がうまかったり、同じことの繰り返しの日々の中に楽しさを見出《みいだ》せたり、日常に根差している才能を「すごい」と感じられるのは、もっともっとあとのことなんだ。

リビングのソファに投げるようにしてかばんを置いた。ジッパーを開いて、携帯電話を取り出す。長い間電波の届かない場所にあった携帯は、自転車に乗って家に帰ってくる間、ぽつぽつぽつとメッセージを受信していた。気にしないようにしようと思いながらも、私は、はっきりと数えていた。

二回、震えた。あいつから返事が来ているかもしれない。

やりとりをしていたわけでもないのに、翔多はふと、メッセージを送ってくることがある。【フォーエバーっていう喫茶店がつぶれてる!!】くっだらない写真が付いていたり、【大学二年生飲みやっぞー】バイト仲間で飲む企画を知らせてくれたり。男子にしては高い声がそのまま文章になったようなメールは、読むだけで少し元気になる。

新着のメッセージは二件。一通は、バイト仲間から。もう一通は、【佐久間翔多】。

ひゅっと、心が一瞬浮かんだ気がした。

危ないのは、すぐに返事をしてしまいそうになること。心がぽんっと弾んだままに、ボタンを押してしまいそうになること。

私は、翔多をバカにしていないといけない。そういう返事を、数時間後に、送らないといけない。翔多から見た「ダンサーのハル」は、もっともっと忙しくて、連絡もとれないくらいでないといけない。

受信時刻を見ると、午後六時四十七分となっている。これなら今すぐ返したとしても、やりとりを心待ちにしていたとは思われないだろう。


【ハル聞いて聞いて！今から椿ちゃん♥と飲みに行くぜーい！】


椿ちゃん。

翔多は椿のことをそう呼ぶ。私のことはすぐに呼び捨てにしたのに、椿のことはていねいにちゃん付けで発音する。

翔多は、私が椿と友達だと知ってから、よく話しかけてくるようになった。それまでは、二人でバイトの休憩室にいたとしても、あまり会話をすることはなかった。いやいや青メッシュがマジ怖かったんだって、と翔多は白い歯を見せてそう弁明していたけれど、本当にそれだけが理由なのかはわからない。

翔多と椿は、大学のクラスが同じだという。椿と私は、高校で同じクラスだった。わかりやすく女子から嫉妬されていた椿と「友達」と呼べるような間柄だったのは、私だけだった。

「そういえばさ」

兄貴の声がして、さっと携帯を裏返す。

「俺、いま、知り合いに誘われて、映画をちょっと手伝っててさ」

氷がふたつ入ったカルピスを飲みながら、兄貴がキッチンから出てきた。兄貴の作るカルピスは私には少し濃い。氷が全部溶けてやっと、ちょうどいいくらいになる。

「R大学の人たちなんだけど」

翔多の大学だ、と私は思った。

「助監督が虹色のメガネかけてたり、すげえパーマだったりで、外見からしてなかなか濃くてさ」

手を洗ったのか、てのひらについていた真っ赤な絵の具が、ピンクと呼べるくらいに薄まっている。

「アート性を重視したいって言ってるんだけど、肝心のストーリーがわけわかんないんだよな。やっぱ、映画って話が面白くなきゃダメだと思うんだ、俺」

「何？」

溶けてまるくなった氷が、グラスに当たってカランと音をたてた。

「何か、話したいことでもあるの？」

兄貴は、何か話したいことがあると、まず、ほんとうに話したい事柄のまわりを埋め始める。小さいころからずっとそうだった。

昔はよく、濃いカルピスを兄貴に作ってもらった。さりげなくグラスを揺らして氷を溶かそうとしながら、兄貴の夢を聞いたことを覚えている。あのときはまだ、中学生くらいだったかもしれない。画家になりたい、と兄貴は言っていた。一人でも僕の絵を見てくれる人がいるなら、描き続けていきたい、と。私は頷いた。なれるよ、と言った。そして、私も絶対にダンサーになる、と、強く頷き返した。

水道水で作ったカルピスの中で、氷はすぐに溶けた。兄貴の夢だけが、いつまでも溶けずに残っている。

「その映画、初めて、外部の人から声をかけられて関わってる作品なんだ」

へえ、と、思わず声を漏らすと、兄貴は思いきったように口を開いた。

「俺の絵、ちょっと大きな美術展で大賞とって、それで、声をかけてもらえた。お金がもらえる仕事じゃないけど、仕事は仕事だ」

私の反応が鈍いことを気に留める様子もなく、兄貴は続けた。

「画家は、一番そのときに向き合いたいと思ったものを描くんだ。そうやって描いた絵が、大賞をもらった」

画家、という言葉が聞こえたとき、私は全身の血液に異物が紛れ込んだような嫌な気持ちがした。

「大学の、一号館のピロティに飾られてる」

高校の廊下に飾られていた兄貴の絵を思い出す。あのころの私は、すごくすごくきれいだと思った。あの絵は、それさえ持っていれば世界中のどこにだって行ける、世界でたった一枚の切符みたいに見えた。

「遥にもその絵、見てほしい」

でもそれは同時に、もう元いた場所に戻ることは許されない片道切符でもある。

「画家はって、兄貴、画家じゃないじゃん。学生じゃん」

やっぱり今日練習してくるから、と、私がその場から立ち去ろうとすると、兄貴は「そうか」と返事をして、そのまま部屋へと戻っていった。私は今日使った練習着を洗濯機に放り込み、自分の部屋のタンスから新しい練習着を持ってくる。一度シャワーを浴びて、コンビニで買ったサラダを食べてから、自転車で新宿に行こう。

時間を確認しようとして、携帯を表向きに裏返す。画面には、翔多から届いたメッセージが表示されたままになっている。

兄貴は大学でも、「すごい」と言われているのかもしれない。高校生の「すごい」

を卒業しても、その先に大学生の「すごい」が待っていた兄貴は、もしかしたら、とても不幸なのかもしれない。

時刻はもう、零時近い。いまから新宿に向かえば、着くのは半近くになるだろう。新宿駅西口近くにある大きなガラス張りのビルは、夜になると大きな大きな鏡のかたまりになる。そこで夜な夜な、多くのダンサーが練習をしている。いまから行けば、有佐も先生もいない場所でたくさん練習ができる。

乾いた指先を携帯の画面の上で滑らせる。もう終電近いだろうし、椿との飲み会はもう解散になっているころだろう。

【あっそ。私は今から練習】

送信。

いま、私を「すごい」と言ってくれる人は、翔多しかいない。

☆

椿がクラスの女子から無視され始めたのは、いつからだっただろう。高校一年生のころからティーン誌の読者モデルをしていた椿は、高校の中でも有名人だった。パッとした華やかさとその外見を裏切らない話し方、持ち物、制服の着こなし、男子からの人気、何よりも掲載されている雑誌の力で、椿は一時期学校のアイドルのような存在になった。だけど椿は決して女王気取りになるわけでもなく、自然にふるまっていた。それがまた、彼女の株を上げた。

だけど、ドミノ倒しのように、椿の友達は態度を変えていった。

発端はよく覚えていない。私は、椿のグループと別に仲良くなかったからよく知らない。他人を見下してる、性格ブス、ヤリマン、少しずつそんな言葉が聞こえるようになりながらも、それでもみんなは表向き、彼女をアイドルのように扱うので、私は見ていて気分が悪かった。だけど椿は自分がアイドルと呼ばれて祭り上げられていることをしっかりと理解していたので、やがてどのグループにも属さなくなった。別のクラスにも彼女をちやほやする女子はたくさんいたからか、椿はそんなにもダメージを感じていないらしく、それがまた同じクラスの女子たちを苛立たせた。

そして、教室内にいるときだけ、椿は私を慕うようになった。

私はもともと、同じクラスの女子にこれといって仲のいい友達がいなかった。ダンス部の友達、レッスンで知り合った他校の友達、クラブで知り合った大学生のダンサーたち、いろんな人と遊んでいたから、特に話の合わないクラスの友達なんかいらないと思っていた。それに、青いメッシュを入れたり、先輩から借りた身分証を使ってクラブで朝まで踊ってからそのまま学校に行くような私を、クラスの女子たちは少し怖がっていたようだった。

かっこいい。遥ちゃんはすごい。

私はクラスの誰に対しても一定の距離を置いていたから、椿が私の隣に座っただけで、それはもうとても仲のいい関係に見えたはずだ。椿は私をほめ続けた。サイドの編みこみを、右と左で数の違うピアスの穴を、音楽プレーヤーの画面を埋めるジェイムス・ブラウンのアートワークを、かっこいい、すごいと言い続けた。私は、見上げるようにしてくっついてくる椿に心を開いていたわけではなかったけれど、嫌な気持ちではなかったことは確かだ。

翔多は、私と椿は友達だったと思っている。だけど、私と椿はそんな言葉で表せる関係ではなかった。椿は私のそばにいることで「ひとり」から脱出し、私は椿から見上げられることで「すごい自分」を手に入れていた。

椿は何でも報告してきた。今日撮影でね、こんな服を着たの。今度遥もおそろいで買おうよ。昨日体重計乗ったら六百グラム痩せてた！　彼氏が、あ、彼氏ってメンズの雑誌の読モなんだけど、私の先輩モデルとメールしてるみたい……。

私は狭い教室の中で、自分のことを特別だと思っていた。椿は私の知らない読者モデルという世界にいて、それはまわりから見たら特別なことなのかもしれないが、私にとってはそうではなかった。だって、この子は努力をしていない。椿からの報告ひとつひとつによって、私は自分が特別であると確認することができた。

この子は生まれ持ったかわいさで、ほしいものをすべて手に入れている。別に、この子自体がすごいわけではない。

私は努力をして、毎日の練習を経て、青いメッシュや深夜のクラブが似合うポジションを、教室の中でひとり音楽を聴いていてもおかしくないようなポジションを手に入れている。容姿がいいというのは、生まれもったもの、つまり「才能」だ。「努力」で自分自身を磨いている私とは、「すごい」の種類が違う。

ダンス部の中でも、私は一目置かれていた。私の専門はロックダンスで、他校の友達やクラブで知り合ったダンサーとペアを組み、深夜のバトルイベントによくエントリーしていた。ショーで魅せるダンスではなく、ダンスバトルで勝つダンス。まわりと揃えるダンスではなく、個性で音を鳴らすようなダンス。ダンスバトルは毎週いろんなクラブで開催されており、ソロバトル、二人組、三人組、クルー制、学生限定など、様々なものがあった。私はそれらにかたっぱしからエントリーした。予選突破。

ベスト十六。自分の目の前でジャッジされるバトルの結果は、口コミやネット上にアップされた動画ですぐに広まる。様々なバトルで結果を残していくたび、私を慕う後輩も増えていった。

高校生で予選突破なんてすごい。遥先輩のバトル動画、YouTubeにアップされてるよ。この予選のムーヴめっちゃ好きなんだけど！　すごいよね、遥先輩すごい、プロみたい、すごい。

すごい。

三年生の進路相談で、スクエア・ステップス東京校に進学すると担任に伝えた。プロのダンサーになるための専門学校。大学受験をするつもりの同じクラスの子たちはみんな私のことを話題にした。あのときは、それだけで胸の奥底が熱く泡立った。椿もダンス部の後輩も、すごいすごい、遥先輩がダンサーにならないなんて想像できない、と口を揃えた。私も先輩追いかけて絶対スクエア・ステップス行きます！　と涙する後輩もいた。

みんなが一日に九教科もあるセンター試験の模試を受け、私が面接とオーディションの対策をしているときも、校舎には、兄貴の絵が飾られたままだった。兄貴以来、美術部の生徒の作品がどこかのコンクールで入賞することはなかった。

兄貴が高校生だったとき、私と兄貴はよく話した。私はダンス部の話もしたし、兄貴の美術部の話も聞いた。画家という言葉を兄貴が口にするようになったのも、このころだ。

だけどいつまで経っても、兄貴は、校舎の壁に飾られた絵のままだった。

兄貴は椿と一緒だ。努力をしていない。兄貴が大学生になったとき、私はそう悟った。生まれ持った容姿やセンス、きっとそれ以上はもう育たない「才能のようなもの」にすがって、部屋にこもって、てのひらを絵の具で汚しているだけ。それが将来何になるのか、画家という職業が本当に存在するのか、毎日毎日絵を描いてそれがどうなるのか、誰かの目に留まるなんてそんなこと現実にあるのか。兄貴が高校を卒業したあともなお校舎に飾られ続けている絵を見るたびに私は、声にならない質問を兄貴にぶつけ続けた。

兄貴のようにはならない。私はそう思った。

私は目に見えない才能なんか追いかけない。誰の目にも見える努力で、欲しいものを勝ち取る。

無事合格したスクエア・ステップス東京校のロビーには、色とりどりのポスターが躍っていた。【東京ディズニーリゾート、ダンサー三名合格！】【△△専属バックダンサー（全国ツアー同行）二名合格！】【劇団四季、二名合格！】卒業生は、自らの手で、確実な努力で、夢を仕事にしている。私もそうなる。絶対に。

私は部屋にこもって、自分にしかわからない何かを表現しようなんて、そんなことはしない。そんな自己満足な世界の中に浸ったりしない。もう誰も見ない階段脇にひっそりと貼り付けられている才能にしがみついたりなんか、絶対に、しない。

浪人をして美大に入った兄貴はもう、大学三年生だ。二十歳を過ぎても、てのひらを絵の具で汚し続けている。

椿は推薦で、R大学に入った。全国の私立大学の中でも偏差値はかなり高い。正直、勉強はできないと思っていたから私は驚いた。

椿は最後まで、私たち兄妹のことをほめた。私にはそういう才能がないから、すごいふたりがうらやましい。これからもがんばってね。応援してるよ。ずっとずっと、友達でいてね。

椿は知っていたのかもしれない。高校生の「すごい」は、高校生のうちに賞味期限が切れるということ。校舎を一歩出れば、私たちのものさしで測っていた「すごい」なんて、効力をなくすということ。だから椿はモデルにならなかった。モデル一本で食べていこうなんて、そんな勘違いをしなかった。椿は、芸能人として名を馳せることではなく、ひとよりかわいいちょっと有名な女子大生になることを選んだ。あの子は頭がいい、と、私は思った。

椿は今でも、私に何でも報告してくる。ネイルを替えたり、好きな人の口癖がうつってしまったり、そういうこと。あのころは、バカにしていたようなこと。何の努力もしていない、そういうふうに見えていたこと。あなたは普通だと、私は特別だと思う確認材料として使っていたこと。

いまはもう、「すごい」という一言は、ない。

私を追いかけてスクエア・ステップスに入学すると言っていた後輩は、センター利用入試で都内の私大に合格して、音楽系のイベントサークルに入ったと聞いた。

☆

初めてこの場所に連れてきてくれた大学生と、私はそのまま付き合った。高二の夏、クラブイベントで声をかけてきた、私大のダンスサークルの二年生だった。近くのコンビニで一リットルパックの麦茶を買って、長いストローをふたつもらって、ふたりで飲んだ。その日は夜通し暑く、ふたりとも汗だくになって練習した。朝になったら、新宿区内にあった彼のアパートに寄ってシャワーを借りた。あのときは、大学二年生なんて、全く別の世界に生きているように見えていた。この世の中のことをすべて知っている大人に見えた。

もし大学に行っていたならば、私は今、大学二年生だ。

夜、練習場所を求めてダンサーが集まる新宿のビルは、とても大きい。四辺すべてを繋げて一直線にすれば、二百メートルくらいあるかもしれない。一人で黙々と練習している人もいれば、何人かで動きを合わせているチームもいる、何十人という単位でショーの練習をしているのはきっと大学生、レッスン形式で練習をしている団体もある。お互い場所をゆずりあい、スピーカーの音量を調節しあうことで、秩序はなくともこの場所のバランスは保たれている。

真夜中の新宿は、一見散らかっているようで、実は巧みに片付けられている気がする。足の踏み場もないように見えて、それでもきちんと、私たちが歩く道は確保されている。その道を見て見ぬふりをした大学生が、酒につぶれて駅で寝てしまったりしている。自分が思っているよりも、新宿の夜は破天荒でもないのに。

新しい練習着に着替えてたっぷりとストレッチをしてから、基礎練を行う。リズムトレーニングとアイソレーション。アイソレーションとは、首、胸など体の一部だけを動かすトレーニングのことだ。ダンスを始めたその日から、この練習は一日も欠かしたことがない。

誰も、自分以外を見ていない。みんな、ガラスに映る自分の姿を見ている。だからこの真夜中の空間は心地いい。

ガラスに映る私の姿。高校のころと何も変わらない。青いメッシュもサイズの大きな練習着も、あのころのままだ。

何も変わっていないのに。

課題曲を流す。服の中を通るコードが、おへそのあたりに触れる。ラストユニゾン、フォーエイト。高校生のころは、踊っていれば無心になることができた。大学生の彼氏に浮気をされて別れたときも、ダンス部の文化祭でのステージ衣装の露出が多すぎると問題になったときも、好きな曲で踊りだせば、本当にそんなことどうでもよくなった。将来なんてまだ見えないところにあるものだと思っていたし、自分がダンス部の部長ではなくなる日が来るなんて、想像していなかった。

真夜中の新宿に、私の姿がぽかんと浮かぶ。

ガラスには私だけしか映っていないはずなのに、隣に、有佐が見えた。後ろには先生が立っている。先生が、私と有佐のダンスを見ている。その様子を、兄貴が、キャンバスにまるまる描き写している。

スクエア・ステップスは二年制だ。あの色とりどりの練習着やシューズが躍るレッスンスタジオは、もうすぐ二十歳になる私をもう、守ってはくれない。

翔多は、私のことを「ハル」と呼ぶ。そのたびに、最後列左端が定位置の「遥」ではない別の誰かになれるような気がして、一瞬、泣きそうになる。


タオルで汗を拭いて、外したイヤフォンを首にかける。

この場所の難点は、トイレが遠いことだ。少し離れたコンビニかマクドナルドにしかトイレがなく、しかも必ず誰かが使用しているため、たいてい待たなければならない。

用を足したついでにドリンクを買って、練習に戻る。私が練習しているところは四辺のうちコンビニから一番遠い辺だったため、そこに戻るには、建物をぐるりと回らなくてはならない。私はその途中で、足を止めた。

有佐だ。

コンビニに行くときは、逆側を回ってきたからわからなかった。有佐が一人で練習している。背中の汗が、さっと乾いた気がした。

真夜中の新宿で、そこにだけ、スポットライトが当たっているみたいだ。

有佐は一人で、黙々と、同じ個所ばかりを練習している。スピーカーから漏れ聴こえてくる音楽はやっぱり、発表会で使う曲の最後の部分。ラストユニゾン。ガラスに映る自分だけを見つめて、タオルで汗を拭きながら、有佐は同じところを繰り返し踊っている。踊っては、曲を巻き戻し、もう一度踊っては、曲を巻き戻す。汗を拭く、ドリンクを飲む、また踊る。

ツーエイト目の終わり、ちょっとブレてる。

たった一言、今日のレッスンで先生に言われたたったそれだけの言葉を、有佐は、真摯《しんし》に受け止めている。そこばかり、繰り返し、練習している。体がブレなくなるまで。センターに立つからには、そのショーの中心を、ステージのど真ん中を、まっすぐに貫かなければならないから。

私が近くで見ていることにも、全く気付いていない。

有佐は、さっきまでのレッスン着と同じ服を着ている。スタジオから、そのままここに来たんだ。私みたいに一度家に帰ったりなんかしていない。サラダを食べたり、シャワーを浴びたりもしていない。先生の一言に突き動かされたままの足でここに来ている。

有佐、ディズニーのショーダンサー合格だって！　ある日女子トイレの鏡の前で、クラスメイトが甲高い声を出して騒いでいた。私はそのとき個室に入っていた。

見た見た、ロビーに貼ってあったよね。やっぱ有佐違うよなー倍率何倍だよって話、マジで。

からからと音を鳴らすトイレットペーパー。ミッキーと踊んだ、すげー。すげーと言いながらも、別の意味を含んでいそうな声は、私の鼓膜をつんつんと突いてきた。

てか、ジャズのクラス、知らない子いた。青いメッシュの。あれ誰？

私は思わず手を止めた。から、と、トイレットペーパーも黙る。

遥って子でしょ？　あたしも気になって名簿見た。でもあたしあの子知ってるよ、高校のときバトル勝っててちょっと有名だった。

バトル？　そう聞き返す声には、少し笑い声が含まれていた。

ずーっとがつがつのロックだけやってたみたい。だけどそれじゃ、ショーダンサーとかバックダンサーにはなれないじゃん？　だからジャズとかクラシックバレエとかのレッスン、やっと受け始めたらしいよ。先生が言ってた。アドバイスが遅かったたかなって。

いやそれ明らか遅すぎっしょ。

からから、からから。やがてトイレットペーパーはなくなり、真っ白な芯《しん》だけが、銀色のペーパーホルダーの中で動きを止めた。

静かな空間の中で、有佐だけが踊っている。有佐が踊る音しか、もう、私の耳には届かない。

有佐の前には、何千人、何万人という人がいる。有佐はそんな舞台で、これから先も、ずっと、踊っていく。

いまでも読者モデルを続けながら、名のある大学に通っている椿。美術展で賞をもらい、学生映画の製作チームから声をかけられたという兄貴。誰もが憧れる夢の国で踊り続ける未来を手にした有佐。

さっきコンビニで買ったドリンクが、手から滑り落ちそうになるくらいに、重い。

携帯が震えた。

翔多。翔多からの返事であってほしい。

ポケットの中に手を突っ込む。ぎゅっと、てのひらの熱で溶けてしまうくらいに、私は携帯を強く握った。

翔多、助けて。

私のことを、すごいって言って。ダンサーなんてかっこいいねって、青いメッシュなんてオレには似合わないやって、いつもみたいに笑いながら言って。

☆

ぐん、と、後頭部のあたりに痛みが走った。その痛みを上回るくらい胸が熱くなったけれど、私はわざと冷たい声を出す。

「っ死ね！」

「ちょっ……オレじゃなかったらどうすんの」

この私にそんなことするのあんたしかいないんだよ、と、開いていた雑誌をぱたんと閉じる。本当は、どのページを開いていても、記事の内容は頭に入っていなかった。今日は翔多と同じシフトだったか、それならばいつ翔多が休憩室に入ってくるのか、そんなことばかり気にしていたから。

「馬鹿、ハルはカバ！」

今日も翔多は、浅黒く焼けた肌でよく笑う。また、友達とフットサルでもしたのだろうか。

「……何なの？」

「下から読んでみー」

　ばか、はるはかば。ばかはるはかば。「二回イラッときた」私が表情を変えずにそう言うと、わはははと薄い胸を張られた。あーくだらない、と、無糖の缶コーヒーを飲む。本当は無糖なんて好きじゃない。だけどいつか、翔多が「ブラックなんて飲むんだ！　かっけー！」と言ってくれたことが、忘れられない。

「ねえねえねえ」翔多はどこか楽しそうにばしばしと机を叩いている。「何よ」今日も短い茶髪はワックスでちょんちょんに立てられており、丸ごと出ている額はせまい。私は、翔多の前髪の生え際を、すごくかわいいと思う。

「なんかさ、楽しいことって、真っ最中よりも待ち遠しく思ってるときのほうが幸せだよなっ」

　せっかくの休憩中なのにエネルギーはフル回転というところはいつもと変わらない。だけど今日は、いつもよりももっともっとフル回転だ。椿と飲みに行ったことがそんなにも嬉しかったのだろうか。

「……あーまあ、それは確かに」

「オレ、クラスの奴らと河口湖行くんだ。つ・ば・き・ち・ゃ・ん・も！」

本当の気持ちが表情に出てしまいそうだったので、「それが言いたかったんだねーえ」と幼子をあやすみたいに私は顔を崩す。それでもまだ、肋骨《ろっこつ》の中身がじんじんと痛む。それを悟られないように、つい、どうでもいいことを話してしまう。

「あの子のスッピン見てびっくりすんじゃない？」

「えっ、スッピンそんな変わるの？」

「……ぜーんぜん変わらなくてびっくりするのよ」

すごくブサイクになるよ、なんて、嘘でも言えなかった。

マスカラ変えたの、とか、安くていい化粧水見つけたんだ、とか、椿はそういうことまで報告してくる。あんたは化粧なんかしなくても十分かわいいのに、と、心の中ではずっと思っていたけれど、一度も口にしたことはない。

あの夜、新宿で、椿から届いたメール。あのメールも、それくらいの報告ならよかった。

「……そーいえば」

何か話さなきゃ、と思うと、あごにおかしな力が加わってしまい、くわえていたポッキーが折れた。

「翔多の大学ってさ、学生映画とか盛んなの？」

私と翔多の共通の話題は、椿しかない。だからふたりでいると、椿の話をするしかなくなる。「盛んなんじゃない？　オレはよくわっかんないけど、友達でも撮ってるヤツいるよ」何でそんなこと聞くの、と、翔多の二重まぶたがぱちくりしている。

他に共通項を、と必死に考えて思い浮かんだのは、兄貴の話だった。

「私の兄貴がさ、美大の三年なんだけど、なんか、あんたの大学の映画に参加したーとか言ってて」

ポッキーのチョコレートが、口の中で全部溶ける。自分でも、こんなことを話したいのかどうなのか、よくわからない。

「え、その映画さー助監督が虹色のメガネかけてなかった？」

「そんなの私が知ってるわけないじゃん」

いつものように冷たく答えながら、兄貴がそんなことを言っていたような気もして、自分は本当に兄貴の話を適当に聞いていたんだな、と思う。

「でも半端ないパーマの人がいたって」

言ってたような気が、と付け加えると、翔多のニヤニヤが少し薄まった。もしかしたら、知っている人なのかもしれない。

私は一体、何を言おうとしているんだろう。

「なんかとにかく意味わかんない映画だったらしくて」

翔多にこんなことを話して、一体、私は何て言ってもらいたいんだろう。

「すげえつまんなかったーって言ってたよ」

あんたの大学頭いいのにねー、ま、だから考えすぎてわけわかんなくなるのかな。話しながら、同時に、いま話していることを打ち消したかった。別に、翔多の通う大学をバカにしたいわけじゃない。新しいポッキーを手に取り、「食べる？」と翔多に差し出す。翔多は首を横に振る。

受け取ってくれればいいのに。いつもみたいにニカッて笑ってくれないと、止まらなくなってしまう。

「兄貴、初めて外部の人から声かけられたって喜んでたけど」

甘すぎるチョコレートの後味を、好きでもないブラックコーヒーで洗う。

「それで生きていけるわけでもないのに、とか、思っちゃう」

苦みだけが口の中に残って、顔が歪む。

「それで生きていけるわけじゃないんだよ」

ディズニーのショーダンサーになるには、何百倍という倍率を勝ち抜かなければならない。兄貴は、どんな絵で、どんな美術展で大賞をもらったんだろう。これから先も、外部の製作チームから声をかけられたりするのだろうか。

私はこれから、どう生きていくんだろう。

「自分の目で見てないのに、そんなこと言うの、よくないよ」

聞いたことのない低い声に、私は、頭を摑《つか》まれたような気がした。

「その映画、もしかしたら、ハルが見たらすごく面白いかもしれないじゃん。自分の目で見て、初めてわかることって、あると思うよ」

そう言ってすぐ、翔多は声の調子をワントーン上げる。

「やっぱポッキーちょうだい！」

私はわざとチョコレートの部分を翔多のてのひらになすりつける。「ふざけんな！」といつもみたいに笑ってくれて、私は少しだけ、安心する。

安心してしまう。翔多とこうしてふざけあう時間を楽しみにして、私は、ギリギリのところで立ち続けることができている。

「翔多さ、河口湖でがんばるの？」

翔多はポッキーのしっぽを上に向けるようにしてくわえて、小刻みに頷く。

「そっか」

私は、机の上に置いていた携帯を持って、席を立つ。

夜中、有佐の背後で受信したメールは、椿からのものだった。

【遥、元気？　前の彼氏と別れたって話、したっけ？　あたし、新しい好きな人できちゃった！　今度遥にも紹介するね。今までのタイプとは違うから、遥びっくりするかも。なんかフシギ系だよ～またおいしいカフェ見つけたから、ごはん食べにいこうね！】

翔多には笑っていてほしい。翔多にはずっと、椿を追いかけていてほしい。そんな翔多を、私は後ろで見ているだけでいいから。そうすれば翔多は傷つかないし、私と翔多は友達でいられる。

「あんたと椿、合ってないと思うよ」

翔多に背を向けたまま、私はそう言った。何でだよお、とか、すぐ突っかかってくれると思っていたけれど、翔多は何も言わなかった。

笑っていてほしい。傷ついてほしくない。椿ちゃんが、椿ちゃんが、って、いつまでも、頼ってきてほしい。休憩室を出る。翔多も一緒に出てくるかと思ったけど、背後のドアは閉まったままだった。

いつもみたいに、楽しく話すつもりだった。その時間を心の中にためて、明日からまた、がんばるつもりだった。

自分の目で見て、初めてわかることって、あると思うよ。

着替えていなかった練習着。繰り返される、ラストユニゾンのある一部分。有佐がセンターに選ばれる理由。これから先もずっと、たくさんの人の前で踊り続けられる理由。

自分の目で見て、初めてわかったこと。

明日は、発表会のポジションの発表がある。

☆

決起集会しない？　と、有佐がブレスレットをつけた右手を挙げると、ほとんど全員が着替えを終えていたロッカールームはわっと色めき立った。いまからちょっとだけファミレスとかでさ、と、有佐は長い髪の毛をまとめていたゴムを外す。あーお酒飲みたいー！　と誰かが大声を出すと、お酒は発表会終わったら朝まで飲むことにして、と、別の誰かがなだめる。何人かが携帯で終電の時間を調べ始める中、有佐は参加人数を数えて近くのジョナサンに電話しようとしている。

「あ、ごめん」

私が声を出すと、ロッカーの閉まる音がやけに大きく響いた。

「……ちょっと今日、用事あって」

ごめん、また、と、人混みをかき分けるようにして、私はロッカールームを出ようとする。誰かのかばんを跨《また》ぐたび、非難めいた視線が送られているような気がして、背中がむずがゆくなった。

冷たいドアノブを握ったとき、有佐が「ねえ」と言った。

「今度新宿で練習するときは声かけてよ。付き合うから」

銀色のドアノブが、私の手汗で白くにじんだ。

「みんなで、一緒にいいもの作ろうね。みんな、いろいろ言われることもあるかもしれないけど、生の舞台見たことないヤツには好き勝手言わせとけばいい。でも、見に来てくれた人には絶対に、すてきなものを見たって思ってもらおう」

みんなにそう呼びかける有佐の声を背中で受けとめて、私はロッカールームのドアを開けた。

自転車をこぐ。

もう午後十時を過ぎているから、大学だって閉まっているだろう。だけどうっかり昼間に行って、偶然鉢合わすようなことがあったら最悪だ。少し前、夜中に大学に忍び込んで鬼ごっこ大会をやったっていう話を翔多がしていたから、きっと大学って、夜だとしても構内に入ること自体はそんなに難しくないはずだ。さすがに校舎に入ることはできないかもしれないけれど、兄貴が言ってたことが確かなら、きっと、校舎に入らなくても大丈夫なはず。

結局、私は、最後列の左端のポジションになった。わかっていたけれど、いざそう発表されたときは、抱え込んでいた両膝にぐっと力が入った。ラストユニゾン以外のポジションも、今日発表されたポジションに準じて決まっていく。有佐の名前が一番はじめに呼ばれた。私は最後だった。

自転車をこぐ。向かい風を切るように、サドルから立ち上がる。美大の場所は携帯で調べた。思ったよりも、交通の便が悪いところにあった。

椿には、メールを返していない。毎回メールの最後は、「今度ごはんに行こうね」でしめくくられているけれど、高校を卒業してから一度も会っていない。それでも椿は連絡をしてくる。私があのころの「すごい」から落下していく中、椿は、あのころと同じ普通の日常を報告してくる。その日常には翔多がいて、あと二年以上も学生でいられる時間があって、私には手に入れられないものばかりだ。

自転車をこぐ。体を前に傾けて、こぐ。

私は、普通の女子大生になることを選べなかった。普通になることを選ぶ勇気があったなら、椿みたいになれたかもしれない。兄貴がよくわからないと言った映画の製作チームの人たちも、有佐も、きっとそれは同じだ。

だけど、決定的に違うところがある。私は、ただ単に普通になることを選べなかったから、今の学校にいる。有佐は、特別になることを選んだから、今の学校にいる。その違いは、とても大きい。

両側に木々が茂る、大きな道路に出た。自転車のライトが、夜の街を照らしてくれている。まっすぐ行ったところに、立派な門が立っている。


生の舞台見たことないヤツには好き勝手言わせとけばいい。でも、見に来てくれた人には絶対に、すてきなものを見たって思ってもらおう。

遥にもその絵、見てほしい。

自分の目で見て、初めてわかることって、あると思うよ。

門の近くに自転車を止める。まわりに誰もいないことを確認して、門を登り、飛び越す。タン、という乾いた着地音が大学の構内に響き渡った。

どの建物も真っ暗だ。敷地内にあるいくつかの外灯の光を頼りに私は歩く。門から少し歩くと、一階部分が開放された大きな建物があった。これがピロティ。ここが一号館だ。

一号館のピロティに飾られてる。兄貴は確かに、そう言っていた。

真っ暗なピロティの中に入り、私は携帯電話のライトを点けた。

そこには、過去の私がいた。

私の目線の高さで、過去の私が踊っている。額縁に囲まれたステージで、多くの人の注目と色とりどりのスポットライトを浴びながら、踊っている。

兄貴の描いた絵が、暗闇の中で光っている。

これは、自分のまわりにあふれる「すごい」の中に溺れて、ダンサーになる以外の夢を見ることができなかったころの、私だ。

兄貴はどうして、過去の私を描いたんだろう。どうしてこの絵を、私に見てもらいたかったんだろう。今の私は、こんなふうじゃない。スポットライトも観客の目線も届かない最後列の左端で、これ以上もう上がらない足を必死に上げて、ふらつきながらもターンをしながら、それでも踊っている。生きていくために、地上にある大きなステージに立つために、苦手なジャンルのダンスを必死に踊っている。

額縁の隣には、兄貴の名前と、その絵の題名が記された表彰状が貼られていた。


【彼女の将来】


きれいな文字で、絵の題名が書かれている。

私は、額縁に手をかけた。ていねいに、壁からその額縁を外す。ガタン、という音が広く響いたけれど、誰もいないからもう気にしない。

寂しくて、悲しくて、たまらない。

どうして私は、兄貴のようにはならないと誓ったんだろうか。それは、毎日部屋にこもっててのひらを絵の具で汚している兄貴が、努力をしていないように見えたからだ。てのひらを染める絵の具の色が変わっているだけで、兄貴は何も変わっていないと、そう思っていたからだ。私は兄貴みたいに、目に見えない才能にすがらない。目に見える努力で、現状を変える。そう誓っていたからだ。でも本当は自分でもわかっていた。こんなふうに、絵を見に来るずっとずっと前から、本当はわかっていた。レッスンスタジオや新宿で、朝まで体を動かしている私が、まるで努力をしているように見えていただけなんだ。

額の中から、絵を取り出す。こうして持ってみると、どっしりと、重い。

指に力をこめる。

絵が破られる音は、まるで銃声のようにピロティに響いた。

他人に、自分を、こんなふうに見せていたことが、恥ずかしくて、寂しくて、悲しくて、耐えられなかった。私はこんなふうに踊れない。こんな将来を手に入れられるような努力も、本当はしていない。兄貴まで嘘をつくのはやめて。兄貴まで、本当の私を見ようとしないなんて、そんなの、やめてほしい。

兄貴の作るカルピスの濃い味が、口の中で蘇る。

翔多にも、兄貴にも、きっとダンス部の後輩にも、私は嘘をつき続けてきた。一心不乱にダンサーになるという夢を目指し、他のものはすべて捨てた、特別な存在だという自分。本当は、そんな自分はどこにもいない。

高校の校舎、廊下に飾られていた兄貴の絵は、日常を抜け出して世界のどこにでも行ける切符のように見えた。こんな才能があるなら、世界のどこに行っても生きていけると、そんなふうに思わせてくれた。

　いまの私は、こんな、夢よりも遠い場所にある未来を描かれた片道切符を、受け取るわけにはいかない。

　せめて兄貴だけは、本当の私の姿を描いて。ステージの最後列、左端で必死にみんなについていく姿を、兄貴だけは逃げないで見つめて。私も逃げないで見つめる。兄貴のことをちゃんと見つめるから、だからおねがい、と、小さく声を漏らすと、足元でバラバラになった私が、風に吹かれてカサ、と動いた。そのうちのひとかけらを、私は強く握りしめる。携帯電話の光が消えて、辺りが真っ暗闇になっても、私は私のかけらをぎゅっとぎゅっと握りしめ続けた。

解　説

西加奈子

朝井リョウさんが、直木賞を受賞された直後に、エッセイを書かれていた。

直木賞の受賞をとても光栄に思っていることの他に、印象に残った記述があった（今その雑誌が手元にないので、正確に記すことが出来ないことを許してほしい）。

・デビューから今まで自分は「若さ」ばかりが注目され、その「若さ」ゆえ甘やかされてきたこと。

・「瑞々しい感性」という褒め言葉は、たくさん作った料理の中で、サラダだけが褒められているようなものだということ（この比喩の巧みさに、私は唸ったのだった）。

ひとつめの「若さ」だが、朝井リョウさんは、実際に若い。それは間違いがない。

『桐島、部活やめるってよ』で鮮烈なデビューを果たしたのは、彼が大学生の頃だ。そこから様々な作品を発表し、そのどれも話題になり、そして今「戦後最年少の直木賞作家」という巨大な看板を抱えてしまった。

「朝井リョウ」について誰かが言及するとき、やはり若さを、そしてそれだけではなく彼の容姿や、働きながら作家をしていることを、つまり作品ではなく、作家その人のことばかりが語られてきたように思う。

では、「若いから」、「恰好いいから」、「サラリーマン作家だから」、朝井リョウさんの作品は、こんなに私たちの胸を打つのだろうか。

言うまでもないが、絶対に違う。

朝井リョウさんがすごいのは、作品が素晴らしいからだ。こんな当たり前のことを書いていて、恥ずかしいくらいだ。

朝井リョウさんがすごいのは、彼の作品が素晴らしいから。

『もういちど生まれる』は、連作短編である。

恋人がいるのに親友から思いを寄せられた女の子、皆からチャラいと思われながらも誠実に恋をしている男の子、父を亡くしてから母に複雑な思いを持っている男の子、双子の姉にコンプレックスを持っている女の子、ダンスをやりながら、自分だけの「すごい」を探している女の子。

登場人物たちは、どこかで淡く、または強烈に繋がっている。それぞれの短編は一人称で語られるが、登場人物が繋がって展開しているので、決して一方的なものにならない。例えば誰かが誰かに圧倒的に憧れていても、違う短編では、憧れの対象であるその人が大きな劣等感を抱えていたりする。「明るい男の子」や、「クールな女の子」が、その一面だけで生きていないということを、果敢に描いているのだ。

今、女の子、男の子、と書いたが、正直迷った。登場人物が高校生であったなら、迷いなくそう書いたと思うが、彼らは二十歳前後の「若者」で、男の子と男性、女の子と女性の間に位置している。ここに、ふたつめの「瑞々しい感性」が関係してくる。

この作品では、その「瑞々しさ」を、意図的に書いていると思う。

高校を卒業してから社会に出るまでの数年間は、どうしたって「瑞々しい」。何故なら、高校生のときはそのまさに渦中にあった輝きを、失い始める時期だから。美しいものは、失われる瞬間に、とても強く輝く。だから「瑞々しさ」は、それが失われ始める瞬間に、もっとも瑞々しいのだ。

著者はもちろん、それを描写する際、単に自身の「瑞々しい感性」に頼っていない。

例えばこんな文章。

『気分を盛り上げるためにお酒を飲むようになったのは、いつからだったろう。初対面の人と気兼ねなく話すための架け橋がお酒になってしまったのは、いつからだったろう。』

『大学って、そういうところだ。無責任を背負って、自由を装っている。』

言葉を駆使し、確固たる技術で、「瑞々しさ」を正確に表している。

また、この物語にはオノマトペがよく登場する。「じうじう」、「しゃくしゃく」、「ぴりぴり」、「ちらちら」。

どうしてか。初めは、「あの時代」の言語表現の拙さを表しているのかと思ったが、途中で違うと気づいた。はっとした。

かつて私たちの周囲には、そういったオノマトペが溢れていたのだ。

そういったオノマトペに、私たちが「気づいていた」と、言ったほうがいいか。

大人になった私たちの周りにも、もっと小さな子供だった頃の私たちの周りにも、オノマトペは溢れていた。でも、私たちはそれに気づかないのだ。子供だった私たちは、そんなものに気づく暇もないくらい、その瞬間を全力で生きていたのだったし、大人になった私たちは、それに気づいたところで、そこから先に何もないことを知ってしまっている（つまり、人生の役に立つものではない、ということを）。

でも、「あの時代」、私たちの周りには、たくさんの「それら」があった。「ちりちり」が、「ぎゅうぎゅう」が、「きらきら」が。

子供の頃のように無邪気に真剣に「その瞬間」を生きることが徐々に出来なくなり、でも大人のように合理的な生き方を選ぶことも出来なかった「あの時代」だからこそ、あんなにたくさんのオノマトペに気づくことが出来たのだ。

『ぱちぱち、あちちち、これ食べれるよー、ふーふー、ビールが足りん！　じうじう、たくさんの音の中でオレたちは食べたり消費したりする。鉄板からゆらゆらと漂う熱気と、クラスメイトの大きな声と、肉からしたたり出るうまそうな脂と、鼻から入って腹まで届く匂い。』

『一浪して美大に入った俺は、そのぴりぴりとした独特の空気に、まだ肌が慣れていない。ナツ先輩は唯一、その空気に同調するでもわかりやすく反発するでもなく、かといって中立であるわけでもなく、どこにも根差さずにふわふわと浮いているような人だ。』

この作品では、大人になりたくない、なんて言えない、もしかしたらもう大人かもしれないあのときの私たちが、やはり「瑞々しさ」を手放し始める瞬間の「最後の瑞々しさ」が、様々な文章に宿っている。

それははっきりとした技術がないと、書けるものではない。

「サラダの瑞々しさを描写する」技術がないと、書けない。

エッセイにあった「若さ」と「瑞々しい感性」について書いたが、実はそれ以外に、朝井リョウさんという作家の資質を、私がもっとも表していると思う言葉がある。

「甘やかされてきた」という表現だ。

評価されていた事実を、それは自分の作品ではなく「若さ」だと、「甘やかされてきた」のだと書くことで、彼は自分を追いつめる。絶対に逃げない。自分がそのとき書ける「すべて」を書こうとする。

作品の中で、様々に出会ういわゆる「黒い」感情は、著者のこの「すべてを書こう」とする決意の表れだと、私は思う。

『この大学、特にこのキャンパスには「そういう」人はたくさんいる。自分は人とは違う、自分の世界を持っているっていう顔をして歩いている人。自分は何者かになれると思っている人々。』

『私のことも凪人のことも、たったの一度だって振り向きもしないで置いていってしまった椿に、よろしくと言う。私は、何時間か先に生まれただけで、私が持っていないものを全て兼ね備えている姉のことが、電車よりも高田馬場よりも苦手だ。』

人に知られたくないこのような感情を、「なかったこと」にしない。もっとも瑞々しい時期の、もっとも苦しい感情を、やはり確固たる技術で、徹底的に書く。そして、決してそこで終わらせない。

自らの黒い感情に苦しんだ彼らには、必ず、ある光が待っている。

誰かに助けてもらうのではない。彼らは自分で、自分の光を見つけ出す。どれほど小さかろうが、頼りないものだろうが、その光は、間違いなく「光」だ。そして自分で見つけたからには、絶対に強い。この「光」は、読み終わってもなお、私たちの心に残る。

『もういちど生まれる』は、「若さ」と「瑞々しさ」の物語だ。
そしてその「若さ」と「瑞々しさ」を描こう、残そうとした、朝井リョウさんという作家の傑作だ。私は自分の胸に残った「光」を感じながら、やはり「朝井リョウ」はすごい、と思っている。

――作家

この作品は二〇一一年十二月小社より刊行されたものに、
加筆・修正しました。

もういちど生《う》まれる

朝井《あさい》リョウ

平成26年4月10日　初版発行
令和元年7月25日　6版発行

発行人——石原正康
編集人——永島賞二
発行所——株式会社幻冬舎
〒151-0051東京都渋谷区千駄ヶ谷4-9-7
電話　03(5411)6222(営業)
　　　03(5411)6211(編集)
　　振替00120-8-767643
印刷・製本—中央精版印刷株式会社
装丁者——高橋雅之

幻冬舎文庫

ISBN978-4-344-42171-4　C0193　あ-49-1